24の怖い話

スーザン・プライス 作
安藤紀子 他訳

ロクリン社

24の怖い話＊もくじ

第1部　怖い昔話

1　怖《こわ》いもの知らずのメアリー　7
2　兵士と死神　21
3　影《かげ》　45
4　欲張《よくば》り　52
5　罪人《ざいにん》トム・オッター　61
6　月　68
7　霧《きり》のなかの古城　76
8　墓場《はかば》に燃える火　85
9　真夜中の訪問者《ほうもんしゃ》　95
10　犬と幽霊《ゆうれい》　100
11　老いも死もない国　104
12　道連れ　114

第2部　ほんとうにあった怖い話

13　墓掘《はかほ》り　123
14　トロル　128
15　消えたワーニャ　138
16　幽霊《ゆうれい》の出る宿　153
17　適任者《てきにんしゃ》　161
18　角笛《つのぶえ》　166
19　魔王《まおう》との晩餐《ばんさん》　181
20　ミセス・シュガー　187
21　雄牛《おうし》　192
22　イヌの餌《えさ》　210
23　校長の奥《おく》さん　218
24　不思議《ふしぎ》な水差し　227

あとがき　237

本書は、『12の怖い昔話』（長崎出版／2009年）、『ほんとうにあった12の怖い話』（長崎出版／2011年）を一冊にまとめ、一部改訂したものです。

第1部 怖い昔話

1　怖《こわ》いもの知らずのメアリー

むかし、メアリーという娘《むすめ》がいた。よちよち歩きの幼いころから、なにかに怖がったことなどまったくなかったから、みんなからはよく「怖いもの知らずのメアリー」といわれていた。

メアリーは農家に雇《やと》われ、どんな仕事もいやな顔ひとつしないでこなしていた。主人の農夫はメアリーを気にいって、かわいがり、誇《ほこ》らしくさえ思うようになった。

ある冬の夜のことだった。農夫は友人と台所の炉《ろ》ばたでビールを飲みながらしゃべっていたが、やがてビールがなくなってしまった。そこで、メアリーに声をかけた。

「メアリー、いま、ひまかい？」

「はい」とメアリーはいった。

「そうかい、それなら、オールド・ブッシュ亭《てい》までひとっ走りして、ビールを買ってきてくれ。駄賃《だちん》は一シリングだ」

メアリーは腰《こし》をあげ、肩掛《かたか》けを持ってもどってきた。すると、農夫の友人がいった。

「むちゃだ！　こんな時間に、若い娘《こ》にひとりであそこまでいかせるなんて。怖《こわ》がるだろ」

「メアリー、おまえ、怖いかい？」農夫は笑いながら、きいた。

「いいえ、ぜんぜん。ビールをいれる水差しをください」

メアリーは水差しを持って外へ出た。闇夜《やみよ》で風が強かった。

メアリーがいないあいだに、農夫はメアリーを自慢《じまん》しはじめた。

「怖いものなんかないんだよ、あの娘《こ》には。トラより勇敢《ゆうかん》なんだ」

しかし、メアリーはなかなかもどってこなかった。

「きっとあの娘《こ》はいまオールド・ブッシュ亭のなかにいる。あそこは明るいし、にぎやかだ」農夫の友人はいった。「もう外へ出るのがいやになったのさ。このおれだって、暗くなってから出歩くのはすきじゃない。若い娘《こ》が怖くなったって、ちっとも不思議《ふしぎ》じゃないね」

「まあ、黙《だま》って見てろ。あの娘《こ》がおじけづいて、夢中《むちゅう》で走ってくることなんか、まずないからな」

メアリーが家に入ってきたとき、ビールは一滴《いってき》もこぼれていなかった。髪《かみ》の毛も逆《さか》立《だ》っていなかったし、息づかいもゆっくりと落ちついていた。まるでのんびり歩いてきただけのようだった。

「こいつの話では、メアリー、おまえはなんにも怖くないんだってな。生きてるものも、死んでるものも。ほんとなのか？」農夫の友人がきいた。

「ええ、まあ」

メアリーは駄賃をもらおうと、手を出した。農夫はいすに座ったままポケットから一シリング出し、わたしてやった。そのあと、メアリーはようやく床《とこ》についた。

農夫と友人の男はビールを飲み、なおもしゃべっていた。メアリーには怖《こわ》いものがないことを男は信じようとせず、怖がりそうなものを次つぎと口にしてみた。ネズミ、クモ、猛犬《もうけん》……。そんなものはどれも怖がらないと農夫はいい、メアリーが尻込《しりご》みするような恐《おそ》ろしい仕事を思いつけたら五ポンドやろうと、賭《か》けを持ちかけた。

ビールがなくなると、男は帰っていった。そして、その晩《ばん》から、なにか恐怖《きょうふ》でおじけづくような仕事はないかと考えはじめた。勇敢《ゆうかん》な大の男でも、尻込みするようなことはなにかないだろうか、と。

数日してやっと、これは、というものを思いついた。そして、できるだけ怖くしてやろうと、地元《じもと》の教会の雑用をしている老人に会いにいって話をまとめ、教会の地下へ入る戸の鍵《かぎ》を借りた。教会の地下室は、かつては遺体《いたい》を納《おさ》めるところだったのだ。

農夫の友人はまた飲みにきたときに、いった。

「賭けの五ポンドはおれのもんだ。おまえんとこのメアリーがぜったいにやりそうもないことを思いついたからな。ここに教会の地下へ入る鍵がある。真夜中にひとりで教会へいって、あそこの戸をあける。そして、頭蓋骨《ずがいこつ》を持って帰る。そんなこと、やりっこないだろ?」

「いや、やるぞ、きっと」

主人はメアリーを呼んで、この話をした。

「いいですよ、取ってきます」とメアリーはいい、鍵をもらってポケットにいれると、真夜中になるまで仕事に精を出した。それから、肩掛《かたか》けをしてボンネットをかぶり、小さなカンテラに火をともして、ふたりにいった。

「これから、教会へ頭蓋骨を取りにいってきます」

メアリーは、両側が土手になっている長い小道を教会へ向かった。くぼ地を走るこの道は、暗くて寒い。風が木の葉を揺《ゆ》らし、草がいっせいにザワザワいった。踏《ふ》みかためられた道を歩むメアリーの足音は高い土手にさえぎられて行き場を失い、メアリーにささやきかえすような音をたてた。まるでだれかにあとをつけられているようだった。カンテラには風でろうそくが消えないように覆《おお》いをかけてあったから、光はほとんど外にもれていない。それでもときどき、木の幹《みき》や門柱にあたってちらついたり、なにかがさっと動くように明るくなったりした。

だがメアリーは、そういう音や光がなにかよくわかっていたので、立ちどまることもなくすたすたと歩きつづけ、やがて教会についた。そして、古くて重い扉《とびら》を押《お》して、なかに入った。が、そこでいったん立ちどまらなければならなかった。真っ暗だったし、寒さがまるで冷水でもかぶったようにふいに厳《きび》しくなったからだ。カンテラの窓《まど》をあけると、ろうそくの黄色い光が闇《やみ》のなかにわずかに広がった。メアリーはじっと立って、目が闇に慣れるのを待った。しーんとしてはいたが、耳をすますと、音ともいえないほどのかすかな音がたくさんきこえ、まるで静けさがゆっくりと息でもしているようだった。

メアリーは片手を前に伸《の》ばし、地下への入り口を探りながら歩きだした。足を一歩踏《ふ》みだすたびに、天井《てんじょう》から足音のこだまが冷ややかに返り、そのあとまた、静けさが息をするようだった。地下へ入る戸を見つけると、ポケットから鍵《かぎ》を出し、手探りで鍵穴《かぎあな》にさしこんでまわした。それから戸をあけて階段をおり、暗くて寒く、じめじめしている地下室に入った。古びた墓場《はかば》のにおいがした。

床《ゆか》には、たくさんの骨があった。全身そろっている骸骨《がいこつ》もあったが、肋骨《ろっこつ》、大腿骨《だいたいこつ》、背骨、頭蓋骨《ずがいこつ》がばらばらになっているものもあった。メアリーは、骨の上にカンテラをかざして、足で骨をいくつか動かした。やっと背骨から離《はな》れている頭蓋骨が見えた。メアリーはそれを拾いあげようと、かがんだ。

と、そのとき、低くてくぐもった大きな声がした。

だれかが口を両手でおおって話しているような声だった。

「おい、その骨に触《さわ》るな。おれのおふくろの骨だ」

「あっ、そうなの。なら、やめとくね」とメアリーは平然といい、カンテラをかざしながら、さらに奥《おく》へ進んだ。ようやくまた頭蓋骨が目に入り、それを拾いあげた。

「その骨には触るな。おれのおやじの骨だ」大きな低い声がまたきこえた。

「そう、わかった。あんたの父さんの骨なら」

メアリーは、すぐにそれを床《ゆか》におろした。そばにべつの頭蓋骨《ずがいこつ》があったからだ。

「おい、おまえ、そいつはおれの――」

メアリーはとうとう腹《はら》をたてた。

「父さんの、母さんの、姉さんの、兄さんのって、きりがないじゃないの！　あたしはね、頭蓋骨を持って帰らなきゃならないの。だから、これをもらってくよ」

メアリーはその頭蓋骨を手に取ると、足を踏《ふ》みならしながら階段をのぼって地下室を出た。それから戸をバタンと閉めて鍵《かぎ》をかけ、その鍵をポケットにいれた。

ひどい音がしはじめた。なにかが戸を内側からバンバンたたいている。地下にいるなにかが、声を振《ふ》りしぼってわめき、泣きさけんでいる。

「ギャーギャーわめきつづけりゃいいよ、幽霊《ゆうれい》じいさん」メアリーはいった。「すきなだけ戸をたたいてればいいよ。この骨はうちに持って帰るからね――だけど、あしたの晩《ばん》、返しにきてあげてもいいよ。そんなに大騒《おおさわ》ぎするんなら」

メアリーは家へ向かった。頭蓋骨を小脇《こわき》に抱《かか》えて、暗い道をゆっくりと歩いていった。農家につくと、頭蓋骨を食卓《しょくたく》の上にどんとおいて、いった。

「はい、頼《たの》まれた頭蓋骨です。さあ、五ポンド、出してください」

男は食卓からとびのくと、メアリーにきいた。

「なにかきこえなかったかい？　あそこで」

「年よりの幽霊が、おやじの骨だ、おふくろの骨だってごちゃごちゃいったけど、はっきりいってやりました。骨がほしいから、もらってくって」

「ああ、だが――その幽霊は、ほかにもなにかいわなかったかい、メアリー？」

「べつに……でも、あたしがあそこの戸に鍵をかけたあと、大声をあげたり、さけんだりしました。戸のたたき方なんて、まるで生きてる人間みたいでしたよ」

男は立ちあがって、硬貨《こうか》を一枚ずつ数えながら食卓に五ポンドおいた。

「鍵を返してくれ、メアリー。急いでいって、じいさんを出してやらねば」

男が歩きだすと、メアリーは男の腕《うで》に頭蓋骨を押《お》しこんで、いった。

「あのう、だんなさん、鍵《かぎ》をわたしたんだから、この骨を返してくれますよね、あたしの代わりに」

男は、そういわれて仰天《ぎょうてん》し、頭蓋骨《ずがいこつ》を石張りの床《ゆか》に落としそうになった。メアリーはあわてて骨を受けとめた。それでもとうとう、男は頭蓋骨を手が直接触《ふ》れないように抱《かか》えると、出ていった。

「骨を取ってきたんだから、この五ポンドはあたしがもらってもいいですね」とメアリーはいって、硬貨《こうか》をポケットにいれた。農夫はそれを黙《だま》って見ていただけだった。

メアリーと教会の地下の幽霊《ゆうれい》とのこの話はたちまち近隣《きんりん》に広まり、べつの農夫の耳に入った。この農夫は、メアリーの働いている農家からさほど遠くないところに住んでいた。

農夫の母親は、最近死んだのに自分の家に未練《みれん》があるらしく、幽霊になって、しょっちゅう現われていた。全身が見えることもあれば、腰《こし》から上しか見えないこともあった。いちばんよく現われるのは食事どきで、食卓《しょくたく》につくと、まるで食べているようにナイフとフォークを動かすのだった。これには使用人はみな震《ふる》えあがり、二週間もしないうちに、みんなが出ていってしまった。農夫はたったひとりになって、畑仕事も家事もなにもかも自分でしなければならなくなった。農夫はメアリーに会いにくると、母親の幽霊の話をし、怖《こわ》いかどうかきいた。

「いえ、べつに」とメアリーはいった。「いったいどうして怖がらなきゃならないんですか？　あたし、幽霊なんか、ぜんぜん気にならない」

「なら、うちで働いてくれないか。料理に掃除《そうじ》、家事を切り盛りしてほしいんだが」

「でも、ここでよくしてもらっているから」

「給金《きゅうきん》はここよりはずむよ」

「ここの三倍くれる？」メアリーはいった。「ここの三倍出すか、自分で家の切り盛りをするか、どっちかね」

農夫は承知《しょうち》せざるをえなかった。そこで、メアリーはその農家に働きにいった。母親の幽霊は腰から上だけの姿で、メアリーのいったその日に現われると、食卓のいすの上に、まるで座っているかのように浮《う》かんでいた。メアリーは「こんにちは、おかみさん」といい、それ以上は気にもとめずに仕事を続けた。食卓《しょくたく》の準備をし、幽霊《ゆうれい》にも食事の用意をした。農夫と自分に料理を出すときには、幽霊の皿にも少しのせ、バターつきパンと塩とソースをさしだした。

「なぜそんなことをするんだい、メアリー？　おふくろは幽霊だよ」と農夫はいった。

「ただの礼儀《れいぎ》です」とメアリーはいい、幽霊が食事どきに現われるといつも、同じようにもてなした。家のなかや庭で働いているときに現われると、にこっと笑って「こんにちは、おかみさん」というだけで、仕事を続けた。

ある日のこと、農夫は市場へ出かけてしまい、メアリーが家でかまどの掃除《そうじ》をしていた。そこへ幽霊がふいに現われて、はじめてメアリーに話しかけた。

「メアリー、あたしが怖《こわ》いかい？」

「いいえ。おかみさんは死んでますけど、あたしは生きていますから」

「それなら、いっしょに地下室においで。見せるものがあるんだよ」

メアリーは幽霊について、地下室へおりた。幽霊はゆらゆらと地下室を横切って壁《かべ》まで漂《ただよ》っていくと、床板《ゆかいた》を指さして、いった。

「この床板をおあげ」

メアリーはそのとおりにした。床下に穴《あな》があり、そのなかに大きな袋《ふくろ》と小さな袋がひとつずつ入っていた。

「大きい袋は息子《むすこ》のもの。小さいのはおまえのものだよ。メアリー、おまえは働き者だし、勇敢《ゆうかん》な娘《こ》だから、これをあげるよ」

それだけいって、幽霊は消えた。

メアリーは床板をもとにもどし、地下室を出て仕事を続けた。やがて、農夫が帰ってきた。メアリーは、幽霊が現われた話をし、農夫を地下室に連れていって、床下のふたつの袋を見せた。農夫は小さいほうの袋を引きあげて、あけた。なかには金貨《きんか》がいっぱい入っていた。

「おかみさんの幽霊は、その小さい袋をだんなさんに、大きい袋をあたしにとおっしゃいました」メアリーは農夫にいった。

農夫はまゆをひそめた。

「ほんとうかね、メアリー？　大きいほうがおれのだといったんじゃないか？」

「いいえ、まちがいありません。小さい袋《ふくろ》はだんなさんのだといわれました」

「ふーん、おふくろがそういったんなら……」

「たしかです。もしあたしが怖《こわ》がりだったら、金貨《きんか》は一枚も手に入らなかったんですよ。それに、だんなさんはこの小さい袋のなかのものでじゅうぶんでしょ？　それはそうと、家事をしてくれる人をまた探したらどうですか？」

これは農夫のためを思っての忠告《ちゅうこく》だった。というのも、メアリーはその翌日《よくじつ》、自分の袋の金貨をぜんぶ持って町へいき、銀行へ預《あず》けた。そして、自分の家を建て、その後の長い一生をもうだれに使われることもなく、その家でゆったりと、すきなことをしながら幸せに暮《く》らしたのだった。

2　兵士と死神

むかし、ロシア皇帝《こうてい》の兵士として十年働いた男がいた。男は、ロシアの国境という国境はおろか、他国の戦場でも戦った。だが、戦争が終わって兵士がいらなくなると、一銭《いっせん》ももらえずに除隊《じょたい》になってしまった。せおっている背嚢《はいのう》も服のポケットもからっぽだったが、それでも男は歩きだした。故郷《こきょう》に帰るつもりだった。道みち、機会《きかい》あるごとに施《ほどこ》しを受けたり、盗《ぬす》みを働いたりした。食べ物を買うために軍靴《ぐんか》を売り、その代わりにぼろきれを足に巻いた。夜は生《い》け垣《がき》のなかや納屋《なや》で寝《ね》たので、厚地《あつじ》の長い外套《がいとう》はすぐに破れてぼろぼろになり、男は物乞《ものご》い同然に見えた。そのうえ、故郷はまだまだ遠かった。

やがて、男はある町についた。そこには、屋根が高くて窓《まど》や煙突《えんとつ》がたくさんある大きな家があった。あんな家に住める幸せ者はどんなやつだろうと男は思ったが、よく見るとそこは空《あ》き家《や》だった。煙突からは煙《けむり》があがっていないし、どの窓にもカーテンはなく、庭にも人影《ひとかげ》がない。家のない者が山ほどいるのに、こんな大きな家があいているとはもったいない、と男は思った。

男は居酒屋《いざかや》に立ちよると、手持ちの小銭《こぜに》をいくらか出してウォツカを注文し、居酒屋の亭主《ていしゅ》にさっき見た空き家のことを話した。すると、亭主はいった。

「ちょっとわけがあってな、あの家には」

そのわけをきかせてほしいと、男は頼《たの》んだ。

「おれたちはみんな、あんなところに家を建てるなっていったんだ。だが、あいつは人のいうことなんか、ききはしない。あの家の下には割れ目があって、地獄《じごく》へ通じているのさ。だから毎晩《まいばん》、あそこには化け物がうじゃうじゃ出てくるんだ」

「まさか、そんな」男はいった。

「あの家にはだれも住めっこない。準備にいかされたやつらは、翌日《よくじつ》になると、全員が骨だけになって、あちこちの部屋《へや》で見つかる」

「ええっ、骨だけになって?」男は足に巻いている靴《くつ》代わりのぼろきれに目を落とした。「ひどい目にあうのはいつも、使われている人間なんだなあ」

「そうさな。だから、あの家にはだれも住んだことがないのさ。住もうとする人もときにはいる――司祭《しさい》もいたな――だが、結果はいつも同じだ」

男は立ちあがった。

「だんな、空き家の持ち主はだれだい? どこに住んでる?」

「なんだって――あんた、まさかあそこに住もうってんじゃないだろうね」

「まあ、きいてくださいよ。おれは皇帝《こうてい》のために十年戦った。それで、なにか報酬《ほうしゅう》をもらったと思いますか? なんにもだよ。それでいま、ウクライナにいる両親のもとに帰るところなんだが、帰ったって、なにがあると思います? おれのものなんか、なんにもありゃしない。どうやらこの世では運がないらしい。だから、あの世で運だめしをするのもいいんじゃないかな。そう思いませんか？」

亭主《ていしゅ》は男の話をきいて、空《あ》き家《や》の持ち主である大金持ちの家を教えた。男は帽子《ぼうし》に手をかけて挨拶《あいさつ》をし、足ばやに出ていった。

大金持ちの家につくと、男はなかに通されて用件をきかれた。

「あの大きな空き家の化け物退治《たいじ》をしたいんです。うまくいったら、報酬《ほうしゅう》を払《はら》ってもらえませんか」男はいった。

「あの家でどれほどたくさんの人間が殺《ころ》されたかわかっているのかい？　それもふつうの殺され方じゃないんだぞ。なぜおまえは化け物を退治できると思うんだ？」大金持ちはきいた。

「自信があるわけじゃありません。でも、十ルーブルしかもらえなくても、おれにはこれ以上の幸運はどこを探したってありません。それに、たとえやつらに骨だけにされたって、どうせいつか死ぬんです。せめてわずかなあいだだけでもあんな屋敷《やしき》で過ごせればじゅうぶんです。地獄《じごく》から化け物どもがはいあがってくるまででも！　どうです、ご主人、報酬は十ルーブルで？」

「安全に住めるようにしてくれるなら、一万ルーブルだってくれてやるさ」

「いくらですって？」

「一万ルーブルだ！」

「そんなにもらえるんなら、死んでも本望《ほんもう》です！」

男は喜び、背嚢《はいのう》をせおって大きな空き家へ向かった。足のぼろきれがほどけかけ、一歩踏《ふ》みだすたびに音をたてていた。

空き家につくと、その晩《ばん》は、すばらしく豪華《ごうか》な部屋《へや》のひとつで過ごすことにした。そこは舞踏会《ぶとうかい》などが開かれる部屋で、ドアは金張りで、壁《かべ》には絵が描《えが》かれていた。長いこと使われていないので、きらびやかなシャンデリアが大理石の床《ゆか》につきそうなほど下までさげてあった。

男はそのシャンデリアのあいだをぬって部屋のすみまでいき、床に腰《こし》をおろした。

そして、背嚢《はいのう》をかたわらにおいて、真夜中になるのを待った。あたりはしだいに暗くなり、寒くなってきた。大きな家全体がすっかり静まりかえっている。こんなときに家のなかを歩きまわったら、足音がこだましてさぞかし不気味《ぶきみ》だろう。男は座る場所を決めておいてよかったと思った。

真夜中になったことはすぐにわかった。床下《ゆかした》の奥深《おく》いところで振動《しんどう》がし、轟音《ごうおん》がきこえだしたからだ。そうこうするうちに、金切り声や笑い声もきこえてきた。その声はますます大きくなり、ボーンレス、グール、ショックなどありとあらゆる化け物が壁《かべ》やドアを通りぬけ、床をつきぬけてどっと出てきた。化け物どもはおたがいにほかの化け物の手や耳や角、鼻、しっぽ、こぶなどをつかんで、まるでいたずらっ子のように夢中《むちゅう》で踊《おど》りはじめた。

ところが、部屋《へや》のすみに座っている男に気がつくと、たちまち静かになった。そして、男に襲《おそ》いかかろうと、武者震《むしゃぶる》いをはじめた。

「肉だ。久しぶりに肉が食えるぞ!」化け物がさけんだ。

「骨もくだいて、しゃぶろうぜ！」べつの化け物がいった。

ほかの化け物もみんないっしょになって、わめくは、さけぶは、奇声《きせい》を発するはで大騒《おおさわ》ぎになり、一団となって男に向かってきた。

男はゆっくりと立ちあがると、外套《がいとう》の前をきちんと合わせ、帽子《ぼうし》をちょっとなおした。それから、肩《かた》をいからせて、片足を一歩前に出した。そして、化け物に向かって「ワッ！」と大声を出した。

化け物はいっせいにとびあがり、あとずさりした。男はにやっと笑い、さらに大きな声でもう一度「ワッ！」といった。

化け物どもはひっかきあい、たたきあい、いりみだれてとびまわった。やがて部屋の遠くのすみにかたまってしまい、びくびくしながら遠目で男をじっと見ていた。自分たちに向かって「ワッ！」とさけんだ人間は、これまでにはいなかったのだから。

男はすっかり満足して、また帽子をなおした。それから背嚢を肩にひっかけると、そりくりかえってシャンデリアのあいだをぬけ、化け物どものほうへ歩いていった。

「おまえたちはみんなに怖《こわ》がられているようだが、怖いなんていうやつらはきっと、戦争にいったことがないんだ。だが、おれは十年、戦争にいって戦ってきた。戦場でおまえたちよりずっと恐《おそ》ろしいものを見てきたんだぞ」

「じゃあ、あんたを恐ろしい目にあわせたかったら、どうすりゃいいんだ?」化け物のなかのグールがきいた。

「さあ、おまえたちにできるかどうか。なにしろ、おれはいろんなものを見てきたからなあ。そこのボーンレスさんたちよ、おまえたちに骨があればもっと怖いかもな。それから、ショックさんたち、どうすればおれにショックを与えられるかって?おれはぎょっとするようなことはたいてい経験《けいけん》したしなあ。うーん、待てよ、ひとつおまえたちのことで感心した話があったな」化け物がみんな男のそばに寄ってきた。

「おまえたちはみんな、山と同じくらい大きくなれるときいたが――」

そのとたんに、すべての化け物がどんどんふくらみ、大きくなりはじめた。

「もっと感心した話があったぞ!」男があわてて大声でいうと、化け物どもは大きくなるのをやめ、耳を傾《かたむ》けた。「それはな、おまえらがハエぐらいに小さくなれるってことだ。そのくらい小さくなれば、おまえらぜんぶが、まあたとえばの話、おれのこの背嚢《はいのう》に入ってしまえるな」男は肩《かた》の背嚢をおろして、その口をあけた。「そんなことを信じてるわけじゃないが、自分の目でそれを見られたら――」

男が話を終えないうちに、化け物どもはすっかり興奮《こうふん》して、キャーキャーいい、けたたましく笑いながらみるみる小さくなって、背嚢の口めがけて突進《とっしん》した。男は背嚢を床《ゆか》におき、横に立って見ていた。すさまじい光景だった。背嚢は化け物でいっぱいになるにつれてふくらみ、うごめいた。まだこれから背嚢に入ろうとしている化け物もたくさんいる。だがみんな、あっというまにハエのように、いや、もっと小さく、ユスリカや砂粒《すなつぶ》より小さくなった。

化け物がぜんぶなかに入ると、男はすぐに背嚢にとびのって、口をしっかり閉めた。化け物どもの力を目のあたりにして、背嚢から出てこられたらたいへんなことになると思ったからだ。それから、外套《がいとう》をぬいで背嚢をきちんと包みこんだ。

男はそれを枕《まくら》にして、ひと晩《ばん》じゅううとうとしながら過ごした。そのあいだずっと、地獄《じごく》の化け物どもの騒《そう》ぞうしい声が耳もとできこえていた。

夜が明けると、男は背嚢《はいのう》の入った包みを持って町に向かった。男を見ようと、町じゅうの家から人びとがとびだしてきた。大金持ちが、また愚《おろ》か者めがあの空《あ》き家《や》に骨にされにいった、といいふらしたからだ。町の人たちは、男がまだ生きているのを見てびっくりし、これからどうするか見ようと、あとを追った。

男は鍛冶屋《かじや》にいって、包みを鉄床《かなとこ》にのせると、いった。

「ちょっとやってほしいことがある。この背嚢を思いきりたたいてほしい。もうすぐ金がたくさん入るから、お礼はたんまりする」

そこで鍛冶屋は、大きな金づちを手に取った。息子《むすこ》も金づちを持ち、親子ふたりで男の背嚢を打ちはじめた。だが、ほんの少したたいたところで、包みから金切り声がきこえてきた。ふたりは怖《こわ》くなり、あわてて金づちを振《ふ》りおろすのをやめた。

「たたくんだ、やめるな」男はいった。「このなかみは、昨日《きのう》の晩つめたんだ」

それで、鍛冶屋の親子は背嚢になにが入っているか察し、ものすごい勢いでたたきはじめた。男についてきた町の人たちもどんどんなかに入ってきて、みんなで金づちや大くぎで背嚢を強く打った。男は鍛冶屋の入り口に立って、そのようすを見ていた。

背嚢をたたくたびにきこえる悲鳴はあまりにも大きく、地獄にまで届いた。ほどなく男は、だれかに肩《かた》をたたかれたのに気づいた。振りむくと、なんと魔王《まおう》が真後ろに立っていた。

「兵士よ、わが民を解放《かいほう》する代わりに、おまえはなにを望む?」

「背嚢をひとついただきたいです。これまで持っていたようなもので、わたしがいれておきたいものはなんでも入り、わたしが命令したものはかならずなかに入り、そこに入っているものはわたしの許可《きょか》なしには出られないという背嚢です」と、男はすぐに答えた。

「それなら、おやすいご用だ。もっと要求するかと思っていた。さて、こちらにも条件があるが、どうかな?　おまえのそのすばらしい背嚢をぜったいに捨てられないという条件だが」

「もちろんけっこうです。背嚢《はいのう》を捨てたいと思うことはぜったいにないでしょう」

魔王《まおう》はうなずいて、地面の下に姿を消した。が、すぐにまたあがってくると、男に背嚢をひとつわたした。それから、鉄床《かなとこ》のまわりに群がる人たちをかきわけて背嚢を取りあげると、化け物たちとともに鍛冶屋《かじや》の床《ゆか》から地獄《じごく》にもどっていった。

人びとは驚《おどろ》いて、あとずさりして見ていた。みんな、さんざん背嚢をたたいたせいで息を切らしている。

「さて、約束の金をもらいにいこう」男は魔王にもらった背嚢をせおった。「金をもらったら、出発するまえに、みんなに食べ物と飲み物をごちそうするからな」

そこで人びとはみんな、鍛冶屋を出て、男について大金持ちの家へいった。そして、外で男が出てくるのを待っていた。

男はなかに通された。すると、大金持ちはいった。

「ふん！　けっきょく、ゆうべはあの家で過ごさなかったんだな？」

「とんでもない、過ごしましたとも。化け物どもをとことんこらしめてやったから、いまごろはきっと痛《いた》くてひいひいいってますよ。あの家にはもう出てきやしません。おれは、約束の一万ルーブルをもらいにきたんです」

「ほほう、わしがそんな話を信じると思うのか?」大金持ちはいった。

「もちろんです。ほんとうの話ですから。お約束のものをいただけるとありがたいのですが。はやく出発したいので」

「一ルーブルだってやるもんか、そんなでたらめな話に」大金持ちはいった。

「あんたを化け物たちと同じように、ひどい目にあわせることもできますが、そんなつもりはありません。でも、一万ルーブルの約束は少なくともしてくださいましたね?」男は考えこんだようすでいった。

「ああ、約束はしたさ。冗談《じょうだん》でな。おまえにはできっこないとわかっていたからだ」

「それだけきかせてもらえば、もうじゅうぶんです」

男は家を出た。大金持ちは、やれやれ帰ってくれたと胸《むね》をなでおろした。けれども男は、家の外に出ると、大声でいった。
「背嚢《はいのう》よ、きけ！　この金持ちから一万ルーブル取ってこい！」
またたくまに、男の背中《せなか》の背嚢がずっしり重くなった。男はその金を少し手に取るとポケットにいれ、食べ物と飲み物を買って町じゅうの人たちと祝賀会《しゅくがかい》をした。それがすむと宿屋《やどや》にいき、いちばんいい部屋《へや》に泊《と》まった。そして次の朝、新しい上等な服と靴《くつ》を買って、馬車で故郷《こきょう》に向かった。

故郷に帰った男は農場を手にいれ、結婚《けっこん》した。何年かするうちに、子どもも三人生まれ、男とその妻《つま》はこのうえもなく幸せだった。あの夜、地獄《じごく》に通じる割れ目に建った空《あ》き家《や》にいって命がけで化け物退治《たいじ》をしてよかった、と男はつくづく思った。そうでなければ、いまのような恵《めぐ》まれた暮《く》らしはとうていできなかっただろうから。

ところがまもなく、男は病気になった。十日も寝込《ねこ》んだので、死んでしまうだろうと、家族は思った。それほどの高熱だった。しかし十日を過ぎると、男は意識《いしき》を回復しはじめ、気分もよくなってきた。

そんなある日のこと、ふと見上げると、見知らぬ人がベッドのわきに座っていた。その人はがりがりにやせて、骸骨《がいこつ》みたいに骨の形がはっきり見えた。湿《しめ》った土のにおいのするうす汚《よご》れた古いマントをまとっている。骨と腱《けん》だらけの手には、大きな鎌《かま》を握《にぎ》っている。

それは死神だった。

「起きろ。わしとくるんだ」死神はいった。

「わかりました。でも、いまはだめです。いま死ななければならないなんて、そんなはずはありません――わたしはまだ若い――やることがたくさんあります――子どもたちは小さいし」

「だめだ、いますぐだ。わしは飢《う》えておる」

「待ってください、あと二、三年。いますぐでなくてもいいでしょう？」死神は首を横に振《ふ》った。「じゃあ、あと二、三か月？　それとも二、三週間？　数日は？　それなら、あと一時間だけ？」男がどんな提案《ていあん》をしても、死神はかぶりを振《ふ》った。「では、ほんの二、三分だけでも」男は必死に頼《たの》んだ。「妻《つま》と子どもたちに会わせてください。部屋《へや》の入り口へきて顔を見せてくれればいいんです――どうか――」

「時間だ！」死神はどなった。男は手首をつかまれてベッドから引きずりおろされた。そのとき、自分の背嚢《はいのう》がベッドの柱にかかっていることに気づいた。男は手を伸《の》ばしてそれをつかみとると、さけんだ。

「死神よ！　背嚢に入れ！」

たちまち死神は、魔王《まおう》の力によって背嚢に入るしかなくなった。骨ばった長い手足を折りまげ、大鎌《おおがま》をなんとかなかに納《おさ》めて、落ちくぼんだ目で暗い背嚢のなかから男をにらみつけた。だが、男はそれを無視して、背嚢のふたを閉めた。死神がいくらにらみつけても、もうなにもできないことがわかっていた。男は寝室《しんしつ》をとびだし、妻と子どもたちを抱《だ》きしめた。それから背嚢をおいたところへかけもどり、リンゴや野菜や香草《こうそう》がおかれている屋根裏部屋にそれを持っていった。そして、手を伸ばせるだけ伸ばして、屋根の高い梁《はり》のすみに押《お》しこんだ。そこは見えにくいところだったし、たとえ見えたとしても、妻や子どもたちには届かない場所だった。

男はそこに背嚢を――もちろん死神もいっしょに――五十年そのままにしておいた。

その五十年のあいだに、人びとは年をとっていったが、世界のどこでもだれひとり死ななかった。男は幸せだった。健康で元気いっぱいだったので、その五十年のあいだも畑仕事を続けることができた。子どもたちが成長して結婚《けっこん》し、自分の子どもを持つのを、そして、孫たちが大きくなるのを見守った。子どもと孫をみんな近所に住まわせ、会いにいったり、けんかをしたり、あごで使ったりした。いまの生活が永遠に続いて、家族がどんどん増《ふ》えていくのかと思うと、うれしくてたまらなかった。

ところがある日、男が外で長いすに座って孫やひ孫が遊んでいるのを見ていると、ひどく年老いた女がよたよたしながら農場にやってきて、男にきいた。

「死神さまはどこじゃ？」

「そんなこと、わかるわけないだろ？」

「むかし、あんたは死にかけたのに、すっかり元気になっちまった。あれから死神さまは、だれのところにもこなくなった」

「おばあちゃん、それはありがたいことじゃないのかね？」

「そう思う人もおるだろう。でも、わたしはちがう。わたしを見なされ。生きててなにがおもしろいものか。老いぼれて、すっかりみっともなくなっちまった。よぼよぼだし、体じゅう痛《いた》いばっかりだ。もう死にたいのさ。そうすりゃ、なんにもわからんし、なんにも感じないだろ。さあ、教えておくれ。死神さまはどこにいなさる？」

「はあ……」男はそんなことを考えたこともなかった。

「死神さまが去って、死ぬほどの傷《きず》を負いながら治ることも死ぬこともできん人たちがこの世にたくさん残された……ほかにもおる。おぼれたり、毒を盛られたり、首を吊《つる》されたり、火あぶりにされたりして、ほんとは生きちゃおられんのに、生かされておる人たちがな……わたしらをおいていった死神さまは、ほんとにひどいおかたじゃ」

「おばあちゃん、死神さまの居所《いどころ》を知ってたら、連れてきてあげるんだけどなあ」

年老いた女は首を横に振《ふ》って、舌打ちした。それから、ぶつぶついいながら、いまきた道を足を引きずってもどりはじめた。

二時間がたち、女の姿が見えなくなるとすぐに、男は家に入った。そして屋根裏部《べ》屋《や》にいき、梁《はり》の下から背嚢《はいのう》を取りだした。背嚢はほこりに分厚《ぶあつ》くおおわれ、はらおうとすると咳《せき》が出た。男は重い背嚢を階段からおろして、庭へ持って出た。それから、家からずっと離《はな》れたところまで運び、そこで背嚢のふたをあけて、いった。

「死神よ、さあ、いけ！」

死神は背嚢からぱっととびだすと、ぴょんぴょんはねながら去っていった。いやなにおいのするマントがひるがえり、ひどく長い手足がまるで骨が空中を舞《ま》っているようにぐるぐるまわっていた。道端《みちばた》であの年老いた女を見ると、背中《せなか》にとびついて、その命をのみこんだ。これでようやく、女は死を迎《むか》えることができた。

死神は町まで走りつづけた。通りから通りへと踊《おど》ったりとびはねたりしながらかけぬけていった。死神が通ったあと、町で生きのこった人はほとんどいなかった。

世界じゅうを走り、手近にいる人たちを老いも若きも、病人も健康な人もみさかいなくむさぼり食った。墓場《はかば》はいっぱいになり、たくさんの町が廃墟《はいきょ》と化した。死神の空腹《くうふく》がやっと満たされたとき、生きのこったほんのわずかな人たちは、刈《か》り入れもされていない荒涼《こうりょう》とした土地を、仲間を求めてさまよった。

それ以来人びとは、疫病《えきびょう》がはやりだすといつも、「死神さまが飢《う》えておられるようだ」というようになった。

空腹がおさまると、死神は男に復讐《ふくしゅう》をしにもどってきた。男も妻《つま》もいまではすっかり年を取っていた。子どもたちも老いて、孫が農場の仕事をしていた。それでも男は家族の役に立ちたかったので、その日も、家の裏の野菜畑で、足もとに種の入った袋《ふくろ》をおいて仕事をしていた。口笛《くちぶえ》を吹《ふ》きながら種をまいていると、急に空気が冷たくなって影《かげ》がさした。湿《しめ》った土のひどくいやなにおいもした。顔をあげると、死神がこっちに向かってくるのが見えた。男は足もとの種の袋を拾いあげ、袋の口をあけていった。

「ようし、死神。さあ、こい！」

死神は、種の袋を背嚢《はいのう》だと勘《かん》ちがいして、また五十年も閉じこめられてはかなわないと、くるりと向きをかえて逃《に》げていった。男が死神をすっかりおびえさせてしまったので、それ以後、死神はだれのところへもおおっぴらには現われずに、いつもこっそりしのびよるようになった。それで、死神の姿が見えたり声がきこえたりすることはまったくなくなった。死神の顔を見たのは、男が最後だった。

死神は、それからは男をつかまえようとはしなくなった。男が恐《おそ》ろしくてしかたがなかったからだ。だが、男の妻と娘《むすめ》たちや息子《むすこ》たち、孫やひ孫たち、友だちや近所の人たちを次つぎにうばっていった。そしてとうとう、この老いた男はこの世でいちばんさびしい人間になってしまった。

「生きてることにあきたなんていうようになるとは、思ってもいなかった」男はひとりごとをいった。「だが、もううんざりした」そして、大声でいった。「死神よ、さあ、きてくれ！　もういくぞ。こんどは、だましたりしない。約束する！」

だが、死神はすっかり疑《うたぐ》り深くなっていたから、二度と男には近づかず、男に退屈《たいくつ》でわびしい日びを過ごさせておいた。

「やれやれ、こうなったらもう死神を探しにいくしかなさそうだ」と男はつぶやいた。背嚢《はいのう》をせおって、男は旅をしてまわった。戦争が起こったとか疫病《えきびょう》がはやっているとかいう話をきくと、どこへでもとんでいった。そこでなら死神が見つかるとわかっていたからだ。だが、死神は男がくるのがわかるといつも逃《に》げた。それで、疫病に見《み》舞《ま》われた町はその流行《りゅうこう》を吹《ふ》きとばそうと、男を町に呼んでくるのだった。

男はますます年を取って、ゆっくりとしか旅ができなくなり、やがて死神を探すことにもうんざりしてきた。男の願いは、この世を去り、安らかに眠《ねむ》ることだけだった。長生きしなかった人には想像ができないほど、生きることにあきていたのだ。

ついに男は死神を追うことをあきらめ、その代わりに天国の門にいくことにした。

扉《とびら》をたたくと、聖《せい》ペテロが現われ、手にしている鍵《かぎ》で扉をあけた。

「おねがいです。聖ペテロさま、たしかに、わたしは罪《つみ》をまったく犯《おか》さなかったとは申しあげられません。でも、犯さないように努力はしました。どうか天国にいれてください。この世にはあきあきしました」

「それは、できません。あなたを拒《こば》む理由はないのですが——その背嚢の話をきいているのです。われわれも、その背嚢には入りたくありません」

聖ペテロはそういうと、門の扉をパタンと閉めて、鍵をかけてしまった。

男は、どうにかしてこの世を去ろうと決心していた。そこで、天国の門のとなりの地獄《じごく》の門の扉をたたいた。扉をあけたのは、鍛冶屋《かじや》の鉄床《かなとこ》にのせた背嚢に入っていた化け物で、金づちで打たれたときの傷《きず》がまだ残っていた。

「おねがいだ。わたしは罪ばかり犯していたわけではないが、犯そうとは努力した。どうか、地獄にいれてもらえないか？」男はいった。

「おまえをいれろだと？」化け物は大きな声でいうと、地獄の門の扉をぴしゃりと閉めて、鍵《かぎ》をかけた。

つぎに男はなんとかして背嚢《はいのう》を捨てようとした。背嚢を持っていなければ、天国か地獄《じごく》にきっといれてもらえると考えたからだ。ところが魔王《まおう》は、男が背嚢をぜったいに捨てられないようにしておいた。それで、男がいくら捨てようとしても、背嚢は手にぴったりくっついて離《はな》れなかった。

そこで男はこの世にもどり、もう一度死神を追いもとめた。だが死神は、けっして男のそばに寄ろうとはしなかった。男ははるか遠くまで、何年にもわたって旅をした。老いさらばえ、雨や風にさらされて、やがてだれの目にも見えなくなった。

見えなくはなったが、男はまだ背嚢をせおって旅を続けている。さびしいところで、静かなときには、男が歩きながらため息をついては、こうつぶやく声がきこえる。

「眠《ねむ》りたい。安らかに。永遠《えいえん》の眠りに……」

3
影《かげ》

むかし、ひとりの行商人がある町と町のあいだを行き来して商いをしたいと思っていた。だが、ふたつの町をつなぐ道は長くてさびしかった。途中《とちゅう》にはうっそうとした森があり、曲がり角も多い。追いはぎがどこかの角で待ち伏《ぶ》せしているかもしれない。いままでにもたくさんの旅人がこの道で襲《おそ》われ、身ぐるみはがされている。なかには、命まで奪《うば》われた人たちもあった。

それでもある日、行商人はどうしてもこの道を通らなければならなくなった。そこで、大きな荷物をせおって、朝早く出発した。無事に目的地につけるかどうか不安でたまらなかった。

石がごろごろした歩きにくい道を、だれにも出会わずに何時間も歩いた。体はほてって疲《つか》れていたが、傷《きず》ひとつ負わずにここまでこられたことを神に感謝《かんしゃ》するくらいの余力《よりょく》はまだじゅうぶん残っていた。

そのときだった。後ろで足音がし、口笛《くちぶえ》がきこえてきた。行商人は荷物のせいで肩《かた》越《ご》しには後ろが見えなかったから、足をとめて、くるりと向きを変えた。

背《せ》の高い男が目に入った。高価そうで品のある黒い服を着ている。まるで葬式《そうしき》にいくところのようだ。だが雨でも降りだしたら、どうするのだろう。そのすばらしい服の上にはおるマントを持っていないことに、行商人は驚《おどろ》いた。

男は行商人を見ると、大きな声で話しかけてきた。

「こんにちは。この道で旅のかたにお会いできてよかったです。このあたりには追いはぎの恐《おそ》ろしい話がたくさんありますからね。歩きながらずっと、引きかえすことばかり考えていたのですよ。でも、もう心強いですね。道連れができたのですから」

「正直いって、わたしも連れができて、ほんとによかったと思っているんです」

行商人は男と並んで歩きはじめた。ふたりはまず天気の話をし、それから道の悪さや急な坂のことを話した。そのあと、男がいった。

「だんなさん、わたしと取り引きしてみませんか？」

「どんな取り引きでしょう？」

「わたしがほしいものを、あなたはお持ちです。高く買いとらせていただきますよ」

行商人は用心深かったから、この男のほしがりそうなものを考えてみた。そのときふと視線《しせん》を落とし、ぎょっとした。男のしゃれた黒い靴《くつ》は、なんとつま先がシカやヤギやヒツジのひづめのように割れている。人間がはいているとはとうてい思えない。この男は悪魔《あくま》だ、悪魔にちがいない。行商人は声を荒《あら》らげていった。

「おまえがほしいのは、おれの魂《たましい》だろ！」

「いえ、いえ、ちがいます。魂ならたくさん持っています。ゆずっていただきたいのは、あなたにはなんの役にも立たないもの、それを持っていてもなにも感じないし、なくなっても困らないものですよ。それと引き換《か》えに、ほら、これをぜんぶさしあげましょう」

悪魔《あくま》は黒い上着から重そうな銭入《ぜにい》れを取りだしてあけ、ぎっしりつまった金貨《きんか》を行商人に見せた。

行商人は金貨に目をすえて、枚数を数えようとしながら、悪魔にたずねた。

「なにがほしいんだ？」

「あなたの影《かげ》。影だけですよ。あなたにとって、影なんて、なんの役にも立たないのではありませんか？」

行商人は、地面に伸《の》びている自分の影を見た。たしかに、持っていることを感じないし、なくてもかまわないだろう。それに、影のことを考えることなどめったになかった。

「どうして影がほしいんだ？」行商人は悪魔にきいた。

「そんなことは、あなたにはまったく関係がないことです。この金貨はあなたのものです。さあ、どうぞ」悪魔がいった。

行商人は金貨を受けとろうと手を伸ばして、いった。

「それじゃ、おれの影を持っていけ。さっさと」

悪魔は金貨を行商人に握《にぎ》らせると、笑いながら身をかがめ、地面から行商人の影を持ちあげた。それはまるで悪魔の服と同じ黒い布から切りとられたもののようだった。

悪魔はその影を振《ふ》って広げ、ぐいと引っぱって行商人のかかとからはがした。だが、行商人はなにも感じなかった。悪魔は両手で影をしっかりとつかんでいた。影はところどころすりきれていたので、向こうにあるものが透《す》けて見えた。こんな役に立たないものをなぜ悪魔がほしがるのか、行商人にはさっぱりわからなかった。

「ゆずってくださってありがとうございます」悪魔がいった。

「いや、どうも。では、失礼！」

行商人はそういって、金貨を手に先を急いだ。連れができたときと同じくらい別れるのもうれしかった。

悪魔《あくま》は、行商人の姿が見えなくなるまで見送ると、行商人の影《かげ》を広げて、マントのようにはおった。そして、道を横切って長く伸《の》びていた濃《こ》い影のなかに消えた。

行商人は自分のしたことに恐《おそ》れを抱《いだ》きながら、重い足取りで歩いていった。悪魔と取り引きをして、よいことがあった話などきいたことがなかったからだ。

だが次の日の朝になっても、金貨《きんか》は木の葉や灰に変わっていなかった。それを心配していただけに、喜びはひとしおだった。行商人はこの先ずっと安楽《あんらく》に暮《く》らすには金貨をどう使うのがいちばんよいかを考えはじめた。

行商人は綿密《めんみつ》に計画をたてた。金貨を投資《とうし》して利益をあげ、さらに金をためた。金持ちになって土地や家を買い、ますます裕福《ゆうふく》になった。まもなく子どもたちや自分自身の将来《しょうらい》を心配しなくてもよくなった。

しかし、行商人の行動はとても奇妙《きみょう》だった。近所の人たちは、気がふれているのではないかと思った。行商人は一日じゅう暗い部屋《へや》にこもり、出かけるのは夜だけだった。友人や子どもたちに、かびくさい部屋から出てくるようにいくらいわれても、日光が窓《まど》からさしこんでいるときにはけっして部屋を出ようとしなかった。日の光を恐れ、指先や靴《くつ》のつま先さえ光のなかに出そうとはしなかった。

「理由はだれにもわからないって？」町の物知りがいった。「たぶんあいつには影がないのさ！」

年老いた行商人は、うす暗い自分の部屋の閉めきった窓の下で自分が繰《く》り返し噂《うわさ》されているのをきいて、たじろいだ。それから、おびえた目で周囲を見回し、たくさんの影のなかにあるひとつの影を探した。自分に影がないのはたしかだったが、影そのものはいつも自分につきまとっていたからだ——その影のなかには、あのときの悪魔がくるまって、どんなときも行商人をじっと見ていた。

4　欲張《よくば》り

アイスランドに、幽霊《ゆうれい》の出る農家があって、そこの夫婦は寝室《しんしつ》のひとつにいつも鍵《かぎ》をかけておかなければならなかった。夜になると、その部屋《へや》から気味の悪い音がきこえるからだ。それは、うめいたり泣きさけんだりするような声や、何度も繰《く》り返される耳ざわりな音で、ひと晩《ばん》じゅう続いた。夫婦は慣れているから少しも気にならなかったが、この家を訪れる人たちでぐっすり眠《ねむ》れる人はめったにいなかった。

おかみさんは、客をもてなすことがすきだったから、この家にだれも泊《と》まろうとしてくれないのが悲しかった。それに、これほど大きくてすばらしい寝室に鍵をかけておかなければならないことも残念だった。日中、掃除《そうじ》をしながら、その部屋のすばらしさに見とれてしまうこともしばしばで、幽霊さえいなくなったら自分の寝室にしたいと思っていた。だが、その願いはかないそうもなかった。幽霊を退治《たいじ》しようとした人たちはみな、翌日《よくじつ》には、部屋の大きなベッドであざだらけになって死んで見つかるのだ。幽霊をなんとかしてやろうという人はもうひとりもいないようだった。

ある晩遅《おそ》く、年老いた女がひとり、農場へ物乞《ものご》いにやってきた。おかみさんはその女を台所にいれて、おかゆを食べさせてやった。女は食べながらたずねた。

「ここにはひと晩泊まれる場所はないかい？　雨露《あめつゆ》や寒さをしのげればいいんだよ」

「二階に、とっても大きな部屋がありますよ。ベッドもじゅうたんもカーテンもなにもかもそろっています。そこならかまわないわ。もっとも、幽霊といっしょでもよければだけど」とおかみさんは答えた。

「ああ、いいとも。幽霊のひとつやふたつ、なんてこともないよ。あたしは出し抜《ぬ》き方を知ってるからね」

「冗談《じょうだん》をいっただけですよ」と、おかみさんはびっくりしていった。そして、その部《へ》屋《や》で幽霊《ゆうれい》に殺《ころ》された人の話や、部屋にはいつも鍵《かぎ》をかけている話をした。だが、女は耳を貸そうとしなかった。

「その部屋はどこにあるの？　鍵を貸しておくれ。それで、あんたはもうやすんでいいよ。あたしのことは心配いらないから」

とうとうおかみさんは、女が自分で幽霊の出る部屋で寝《ね》ると決めたんだから放っておこうと思い、鍵をわたして自分の部屋へいった。あとに残った女は、台所の火のそばに座っていた。

家じゅうのものが寝静まるのを待って、女は台所の戸口から外へ出た。そして近くの墓場《はかば》まで走っていき、真新しい墓を見つけると、そこにかけられていた土の上でころげまわって服や髪《かみ》や顔を泥《どろ》だらけにした。毛糸の手ぶくろも冷たくぬれた草むらのなかをくぐらせた。それから農家へもどった。

おかみさんがおいていってくれたろうそくが、まだ燃えていた。女はそれを持って、暗くて急な階段を照らしながらのぼり、幽霊の出る部屋の入り口までいくと、ドアの鍵をあけてなかに入った。そして、あまりのすばらしさにうっとりと立ちつくした。

ほんとうに広くてりっぱな部屋だった。部屋を暖《あたた》める大きな暖炉《だんろ》、窓《まど》にはベルベットのカーテン、床《ゆか》には花柄《はながら》のじゅうたん、そして、たくさんの毛布と枕《まくら》がおかれたふかふかの大きなベッドがあった。女は泥だらけの服を着たままベッドへもぐりこむと、わきのテーブルにろうそくをおいて、火を吹《ふ》きけした。それから、物音ひとつしない暗闇《くらやみ》のなかで、横になってゆったりと体を休めた。ベッドで寝るのはずいぶん久しぶりなので、今夜はゆっくり寝ようと心に決めた。

しばらくうつらうつらしていたが、部屋のドアがあく音で目がさめた。意識《いしき》がはっきりしてくると、ぬれて冷たい手ぶくろをはめた手を毛布の上にきちんとのせた。女はじっと寝たまま、横目でわきを見た。暗闇のなかで、なにかがドアからのぞきこんでいる。それは部屋のなかをぐるっと見まわしてから、口を開いた。

「ここはほんとにいつもきれいだなあ」

それから部屋《へや》に入ってくると、ベッドにだれかがいるのに気づいて、見にきた。女は目を閉じて、息をひそめた。幽霊《ゆうれい》は女を見下ろすように立って、においをかいだ。墓場《はかば》の土のにおいがした。それで、女を自分と同じ死人だと思ったが、念のために、毛布の上の手に触《ふ》れた。ぬれて冷たい手ぶくろをはめた手は死人の手と同じだった。この女はたしかに死人だ、と幽霊は思った。そして、それからはもう、女に注意を払《はら》わなかった。

女がそっと片目をあけると、幽霊がベッドの足もとへいって、なにかの上に身をかがめるのが見えた。だが、女は気にしなかった。これでやっと、幽霊にはすきなようにさせておけるし、自分は大きなベッドでぐっすり眠《ねむ》れるのだと思っていた。そして、寝返《ねがえ》りをうって枕《まくら》に頭を沈《しず》め、いつの間にか深い眠りに落ちていった。

幽霊が、ベッドの足もとで床板《ゆかいた》を引きはがし、わきへ投げつけて、ものすごい音をたてた。女はびっくりしてとびあがり、身を起こしてあたりをうかがった。幽霊はまた静かにベッドの足もとに立っていた。女はふたたび横になり、これからは、あいつがどんなにひどい音をたてても気にしないで眠ろうと決めた。

幽霊はかがんで、床板の下のすきまに手を伸《の》ばした。そして、山ほどの金貨《きんか》を両腕《りょううで》に抱《かか》えると、空中に放りなげた。金貨は幽霊の頭に降ってきて床にあたり、チャリンチャリンと音をたてると、部屋のすみへころがっていった。静かな夜に、その大きな音が長ながと続き、やっとおさまった。が、静かになったと女が思ったのもつかのまで、こんどは、幽霊が低い声で笑いだした。女は心のなかでため息をついた。それでも、まあいいと思った。たぶんそのうちに出ていくだろうと。

けれども幽霊は、床に落ちた金貨をすべてかきあつめて、また投げはじめた。金貨は天井《てんじょう》にぶつかったり、窓《まど》ガラスにあたったりしてけたたましい音をたてた。金貨がチャリンチャリンとぶつかりあい、床に落ちて、カラコロところがった。

女は枕を頭からかぶったが、それでも、幽霊がたてる音はあいかわらずやかましかった。幽霊は床をはねまわったり、くすくす笑ったりしながら、金貨をもう一度投げようと集めている。そしてこんどは、空中へ投げると、大声で「ヒャッホー！」とさけんだ。床《ゆか》をころがる金貨《きんか》の音は依然《いぜん》としてやむ気配はなかった。

幽霊《ゆうれい》が疲《つか》れるまで待つしかない。女はそう思ったが、相手は幽霊だ。いっこうに疲れることはない。数時間しても、女はまだ眠《ねむ》れないまま、幽霊の興奮《こうふん》したさけび声と床に落ちる金貨の音をききながら、腕《うで》を組んで横になっていた。とうとう、これ以上はもうがまんできないと思った。女はベッドを出ると、かけていた毛布を持って家をぬけだした。そして教会の墓地《ぼち》にいき、幽霊が出かけてからっぽになっている墓《はか》を探しだすと、そこにもぐりこんで毛布にくるまった。

「さあ、ひと眠りしようかね」

女が一時間ほど眠ると、空が白みはじめ、幽霊がもどってきた。墓には女が寝《ね》ていた。幽霊は怒《おこ》ってさけび声をあげ、石を投げちらした。女がやっと目をさました。

「もうもどってきたのかい？　あと一時間ぐらいあんたの小銭《こぜに》で遊んどいで。もう少し眠らせておくれよ」女はいった。

「日光にあたったら、おれは消えちまうんだ！　出ろ、さあ出ろ！」幽霊はさけんだ。

女はぶつぶついいながら、起きあがった。

「そんなら、どいてやるかね。だけど、おまえがこの自分の墓にかけて、もう二度とここから出ないと誓《ちか》うならだ」

「なんだと？　もう二度とおれの金貨を見られないってことか？」

「生きてるころに、おまえがそこまで欲張《よくば》りでなかったら、いまだってそんなに金貨に未練《みれん》はないだろうに。さあ、誓うんだ。でなきゃ、そこで消えてしまうがいい。あたしにはどっちだっていいんだよ」

幽霊は降参《こうさん》し、自分の墓にかけて、夜に出歩いてあの宝物で遊ぶことは二度としないと誓い、そのあと女に頼《たの》んだ。

「さあ、はやくそこをあけてくれ。もう夜が明けちまう」

女はゆっくり墓からはいでると、いった。

「おまえさんはこれからはもっと幸せになるよ。そうだろ？　土の下は死人が住むところ、土の上は生きてる者が住むところだからね」

だが、幽霊《ゆうれい》はもう墓《はか》にとびこんで、体に土をかけてしまっていた。墓は一度もあけられたことがないかのようだった。

女は農家にもどって、台所の火をかきおこした。火のそばに座っていると、おかみさんがおりてきたので、夜のできごとをすっかり話した。それからベッドにもどり、日が暮《く》れるまで眠《ねむ》った。

ようやく女が起きると、農家の主人もおかみさんも上機嫌《じょうきげん》だった。主人は、以前住んでいた欲張《よくば》りが床下《ゆかした》にかくした金貨《きんか》をもう取りだしていた。それはひと財産あった。主人とおかみさんが女にも取り分があるというので、女は喜んで受けとった。その額はたいへんなもので、近くに小さな家を建てて暮《く》らすことができたから、女はもう農場をわたりあるいて物乞《ものご》いをしなくてもよくなった。

けれども、極上《ごくじょう》のベッドを女が泥《どろ》でどんなによごしたかがわかってしまうと、女と農家の夫婦はもう仲よくつきあっていくことができなくなった。

5　罪人《ざいにん》トム・オッター

むかし、ひとりの男が国王の前に引きだされ、王のいちばん賢《かしこ》い側近《そっきん》を殺《ころ》したかどで訴《うった》えられた。

「名前を申せ」王はいった。

「トム・オッターです」

「それでは、トム・オッター、おまえは罪《つみ》を犯《おか》したことを認めるか?」

「認めます」トムはいった。「待ち伏《ぶ》せをし、あのかたが通りかかったときに刺《さ》して殺しました——ですが、なぜそのようなことをしたか、どうかおききください」

「申してみよ」

「あのかたはいつも適切《てきせつ》な助言で、陛下《へいか》のためによい結果をもたらしました。ですから陛下は重く取りたてておいでてでした。けれどもあのかたは、貧《まず》しくて無力な人びとにはひどいことをなさいました。わたくしの父の土地をほしがりましたが、父は売ろうとしませんでした。そこで、男たちを雇《やと》い、待ち伏《ぶ》せさせて——わたくしがしたようにです——父と兄が通りかかると、ふたりを殺《ころ》させました。そうして、夫を亡《な》くした母から、父の土地を安く買ったのです。これが、わたくしがあのかたを殺した理由です。たしかにわたくしは、命をひとつ奪《うば》いました。ですがわたくしは、命をふたつ奪われております。それゆえ陛下、奪われた命の残りのひとつ分を、どうかわたくしにお与えください。そして、ご放免《ほうめん》ください」

王は考えた。トムの話がでたらめでないことは、わかっていた。だが、殺された側《そっ》近《きん》の妻《つま》や息子《むすこ》たちがトムの処刑《しょけい》を望んでいることもまた、たしかだった。

「このようにいたそう。トム、おまえは弁《べん》が立つ。その弁舌《べんぜつ》で、自分の命を救えるかな？　一日の猶予《ゆうよ》を与える。明朝までに『なぞかけ』を考えよ。そして、おまえの出したなぞに、余《よ》とここにおる者たち、そのだれもが答えられなければ、そのときは許そう。だが三日のうちに答えがわかったら、そのときは、おまえは吊《つる》し首だ」

死刑《しけい》をいいわたされた者がたった一日で、しかも宮廷《きゅうてい》のもっとも頭の切れる者たちに解けないなぞなど、つくることができようか。トムは処刑される。だがそうなっても、余は情けぶかい王に見えるはずだ——王はそう考えていた。

トムは独房《どくぼう》に連れていかれ、一昼夜閉じこめられた。知っているなぞなぞをすべて思いうかべてみたものの、どれも簡単すぎた。新しいなぞをつくろうとしたが、言葉がまったく出てこない。

明け方、見られるうちに空を見ておこうと独房の窓《まど》によじのぼった。するとそのとき、窓越《まどご》しに見えたものがあった。

トムに希望がわいてきた。

まもなく看守《かんしゅ》たちがやってきて、独房の鍵《かぎ》をあけ、トムを王の前に連れていった。

「なぞは、できたかな？」王はきいた。
トムは、自分を見つめている顔をぐるりと見た。国じゅうのもっとも賢《かしこ》い者たちが、
トムを裁《さば》いて、吊《つる》し首にしようと集まっていた。トムはいった。
「できております、陛下《へいか》。わたくしのなぞなぞを申しあげます。

ひとつの頭に、五枚の舌
六枚目はパンを求めて出ていった
死者のなかの生者に食わせるために。
ぞっとしたが、勇気を出して、わたしは入る
死者から生者が生まれるのを見たからだ。
すべての神に、栄光あれ
六枚の舌が、七枚目を解きはなった！

陛下、紳士淑女《しんししゅくじょ》のみなさま――さあ、このなぞをお解きください」

王は側近《そっきん》たちを見まわした。だれもがなぞの答えを考えはじめ、そのうちに顔をしかめたり、くちびるや親指をかんだりしだした。

一時間ほどたつと、みなが退出《たいしゅつ》を願いでて、いくつかの静かな小部屋《こべや》へうつった。部屋には壁《かべ》にみどり色の織物《おりもの》が掛《か》けられ、じっくり考えられるように静かな音楽が奏《かな》でられていた。

トムは独房《どくぼう》にもどされた。

三日目の終わりに、みんながふたたび王の前に集められた。

「では、みなの者、答えを申してみよ」王はいった。

沈黙《ちんもく》が続いた。

「さあ、どうだ、なぞは解けたのだろうな」

だが面目《めんぼく》ないことに、なぞは解けなかったと、側近たち全員が認めざるをえなかった。なぞのすべての部分に、ぴたりと当てはまる答えは見つからなかったのだ。

「どうやら、わたくしのなぞは解けないようです、陛下《へいか》」トムは大声でいった。「どうか約束をお忘れにならないでください」

「釈放《しゃくほう》すると約束しておったな。おまえは自由だ」王はいった。「だが、申せ。なぞの答えはなんだ？」

「陛下のくだされたお裁《さば》きの結果でございます」

側近《そっきん》たちから大きなざわめきと抗議《こうぎ》の声がわきおこった。

「余《よ》の裁きの結果だと？　それではなぞの答えになっておらん。どういうことだ？」

「陛下のお裁きの結果をごらんになれば、答えはおわかりになります、と申しているのです」トムは、それ以上はなにもいわずに、そそくさと宮廷《きゅうてい》を出た。

外で友人たちが、早馬《はやうま》と武器を用意して待っていた。だがトムは、その場を離《はな》れるまえに、閉じこめられていた独房《どくぼう》の窓《まど》を友人たちに示し、そのあと、処刑《しょけい》されて独房の窓の向かい側の城壁《じょうへき》に吊《つる》されている男をさした。

「帽子《ぼうし》をとって、あのおかたに敬意《けいい》を表してくれ」トムはいった。「あのかたが、わたしを救ってくれたのだ」

友人たちは当惑《とうわく》の面持《おもも》ちで帽子をとった。そして男を見上げたとき、驚《おどろ》くべきものが目に入った。

男の大きく開いた口のなかに一羽の鳥が飛びこみ、すぐにまた外へ出ていった。鳥は死んだ男の口のなかに巣をつくり、雛《ひな》を育てていたのだ。

トムは、友人たちに送られて海岸までいき、船でよその国へわたった。そして二度ともどってこなかった。

6月

はるかむかし、昼には空に太陽が輝《かがや》いていたが、夜には光がまったくなく、地上は、たき火やろうそくのわずかな明かりではなにも見えないほど、深い闇《やみ》におおわれていた。そこで人びとは、夜に地上を照らすものをつくろうと、腕《うで》のいい四人の魔法使《まほうつか》いを雇《やと》った。四人は話しあって設計図《せっけいず》を描《か》き、薄《うす》くて平らな銀製《ぎんせい》の大きな円盤《えんばん》をつくると、魔法を使って円盤に太陽の光を取りこんだ。円盤は太陽ほど明るくも暖《あたた》かくもなかったが、夜の世界を照らすにはじゅうぶんだった。

魔法使いたちは、これをもっとも高い山の頂のいちばん高い木に吊《つる》し、「月」と名づけた。月は、太陽の光が強い昼間は見えないが、夜になると毎晩《まいばん》、地上の世界全体を照らした。

月の明かりで、いまや人びとは夜も動きまわれるようになった。だれもが喜んだが、その一方で、夫や妻《つま》や恋人《こいびと》たちがたがいに不誠実《ふせいじつ》になった。人びとは盗《ぬす》みや追いはぎや密猟《みつりょう》、干し草の山や納屋《なや》や家への放火など、ありとあらゆる悪事を働いた。新しくできたすばらしい月の明るさは、悪人が手もとを見ることはできたが、他人に顔がわかるほどではなかったからだ。

やがて、月をつくった魔法使いのひとりが、月の四分の一をいっしょに埋《う》めてほしいと遺言《ゆいごん》して死んだ。そこで残った三人は山にのぼり、月をおろして四分の一を切りとると、死んだ仲間といっしょに埋めた。

一週間もしないうちに、またひとり死んだ。この魔法使いも月の四分の一をいっしょに埋めてほしいといっていたので、そうされた。それから二週間のうちに、残されたふたりも死に、月はすべて魔法使いといっしょに埋められてしまった。

地上は、夜になるとまえのように真っ暗になった。不正や悪事を働いていた人たちは、光がなくなったので、なにもできなくなってしまった。月をつくることができる者は、地上にはもうだれひとりいなかった。

四分の一ずつにわけられた月は、いまは四つとも死者の国にあって、照りつづけていた。これまでまったく光などなかった地下の世界では、冷たく輝《かがや》く月は地上の太陽と同じくらいまぶしく、また熱く思われた。この明かりで、ずっと眠《ねむ》っていた死者たちが目をさましはじめた。体を動かし、落ちくぼんだ目をあけると、起きあがった。そして、自分たちを目ざめさせた光を求めてさまよい、とうとう四つにわかれていた月をすべて見つけて、ひとつにしてしまった。こうして、死者の国の新しい光はますます明るく輝きだした。

もう死者たちは、完全に目ざめてしまった。月を地下の世界のもっとも高いところに吊《つる》し、その光で新しい生活をはじめた。植物の根で酒を造ったり、結婚《けっこん》して家庭をもったり、生前の仕事についたりした。酒を飲んで酔《よ》っぱらい、足を踏《ふ》みならし、さけび、歌い、踊《おど》った。死んでいることさえ忘れたかのように。

地上では昼夜をとわず、地下から金づちやのこぎりを使う音や、大きな話し声がきこえるようになった。矢を射《い》る音やさけび声、さらには酔っぱらいの歌や口げんかまでもきこえてきた。この騒音《そうおん》はおさまることがなかった。地上では太陽が沈《しず》めば夜になるが、地下では月が絶《た》えず輝き、暗くならないからだ。

地上の人たちは、墓穴《はかあな》を掘《ほ》るときにはいつも、その穴から不気味《ぶきみ》に輝く光がもれていることに気づいた。よく見ると、死者の国の商店のにぎわいや楽しそうな光景もひそかに眺《なが》められた。そして、地上で人が死ぬにつれて死者の国の人口は増加し、騒音はますますひどくなっていった。

やがて、目をさました死者がどんどん増え、飲んだくれて、けんかをしたり、歌ったり踊ったり大騒《おおさわ》ぎになった。その音はついに、天国の門の鍵《かぎ》を閉めにきた聖《せい》ペテロの耳にまで届くほどになっていた。ペテロはなんの騒ぎかわからず、門から身を乗りだして、耳をすました。そして、あまりの騒音に驚《おどろ》いた。これは、魔王《まおう》が天国を攻《せ》めようと地獄《じごく》の住人を呼びあつめている音にちがいない！

ペテロはあわてふためき、門に鍵《かぎ》をかけるどころかあけはなったまま、天軍《てんぐん》の指揮《しき》官《かん》、大天使ミカエルの館《やかた》へ走って、大声でいった。

「ミカエル様、たいへんです！　魔王《まおう》が攻《せ》めてきます。われわれをお救いください。戦闘《せんとう》のご準備を！　戦ってください！　どうか天国をお守りください！」

大天使ミカエルはすぐに立ちあがると、よろいを身につけ、戦いに備えた。無数の星が打ちこまれたよろいは、青や白、赤、緑色にきらめいている。ほうき星の尾を飾《かざ》りにつけたかぶともかぶった。腰《こし》には輝《かがや》く剣《つるぎ》を納《おさ》めた黒い剣帯《けんたい》をしっかりとしめ、手には太陽の光でつくられた槍《やり》を持った。ミカエルは八本足のドラゴン・ホースにまたがり、天の軍勢《ぐんぜい》を率いて天の川を地上へとくだっていった。

地上に近づくと、天使たちは、馬に拍車《はくしゃ》をかけて全力でかけだした。ひづめの音が地上の世界全体にとどろき、暗闇《くらやみ》でその轟音《ごうおん》を耳にした人びとはおびえ、恐《おそ》れおののいた。まばゆい光が大空をぱっとかけぬけた。人びとは、この恐ろしい稲妻《いなずま》のような光のなかに、たくさんの大きな人影《ひとかげ》がちらっと見えたように思った。

「開け！」とミカエルが命じると、地面が割れ、天軍は死者の国へなだれこんだ。死者たちは取りみだして苦痛《くつう》の声をあげ、その声は死者の国じゅうに響《ひび》きわたって、何度もこだました。月の光が太陽の光と同じくらいまぶしい死者にとって、天軍の天使たちのよろいや、かぶとの飾り羽根、それにミカエルの槍が放つ光は堪《た》えがたいものだった。生きている人間が太陽三つ分の光をまっすぐに見つめるときよりもつらかっただろう。死者のなかでも弱い者たちはまたたくまにおとなしくなり、衰弱《すいじゃく》して、まえのように眠《ねむ》りはじめた。

ミカエルは、輝く剣をさやから引きぬき、頭上高くかかげた。まばゆい白い光がぱっと広がり、死者の国のどこにも暗闇や影はなくなった。この光のまぶしさには、人間なら、生者も死者もまったく堪えられなかっただろう。

「眠れ！」ミカエルがさけんだ。その声は剣の光と同じくらいすみずみまで届いた。

「眠れ！」この命令をきかないうちにもう、すべての死者がくずおれていた。そして、しだいにおとろえて、眠《ねむ》りについた。

ミカエルは剣《つるぎ》をさやに納《おさ》めると、魔王《まおう》のようすを確《たし》かめようとドラゴン・ホースに拍車《はくしゃ》をかけ、地獄《じごく》へと乗りこんでいった。しかしそこには、かつて自分が捕《と》らえて鎖《くさり》で縛《しば》った魔王がそのときのままいた。死者を起こしたのは魔王ではなかったのだ。

ふたたびミカエルは死者の国へもどり、死者がなぜ目をさましたのか探りはじめた。天使のよろいやかぶとの光が揺《ゆ》らめくなかでは、月はなかなか目に入らなかったが、やっと見つかった。ミカエルは槍《やり》を高くあげ、その先に月を引っかけておろすと、月を肩《かた》にかけ、天軍を率いて死者の国を出た。

軍勢《ぐんぜい》が天国へ向かって天の川をのぼる途中《とちゅう》で、ミカエルは暗い空を横切って神の城にいき、その城壁《じょうへき》に月を吊《つる》した。用心したミカエルは、もうだれの手も届かないところに月を吊すことにしたのだ。それ以来ずっと、月はそこにかかっている。

空高く吊された月は、世界じゅうをふたたび明るくし、夜にはいつも同じ明るさで輝《かがや》いた。すると人びとは、その光を利用してさまざまな悪事を働くようになった。隣《りん》人《じん》たちには悪人がだれかわからなかったが、神はすべて見ていた。

怒《おこ》った神は、月を空からおろそうとした。おろせば、人びとが悪いことをする機会《きかい》はへるだろう。だが、聖《せい》ペテロと聖パウロは、月は罪《つみ》のない多くの人びと、たとえば旅人や番人、羊飼《ひつじか》い、看護師《かんごし》、水夫、急使《きゅうし》たちの役に立っているといった。そこで神は、月を空に残すことにしたが、毎晩《まいばん》は輝かさないようにと命じ、ペテロに月の光の明暗《めいあん》を調節する仕事をさせた。その結果、月があかあかと輝くのは一か月に数日だけになり、人びとが悪事を働くことができる日はあまりなくなってしまった。

だが、もし神が人びとに悪いことをさせたくないとほんとうに望んだのなら、空から太陽も月もおろして、人びとをいつまでも続く闇《やみ》のなかでうろうろさせておいたほうがよかっただろう。しかし、そんなことをしても、悪人はへらなかっただろう。

7 霧《きり》のなかの古城

ジョン王の時代に、ピーター・デ・ロッシュという名の男がいた。ウィンチェスターのキリスト教司教《しきょう》で、人びとには清貧《せいひん》をたたえよと説いたが、自分はぜいたくをつくしていた。たくさんの領地《りょうち》を所有し、そこで狩《か》りをするのがすきだった。

ある日、司教は一頭のシカを追って馬を走らせた。そのあまりの速さに、仲間たちは追いつくことができなかった。それでもどうしたことか、司教はシカを追って先をいく猟犬《りょうけん》たちにはいっこうに近づけなかった。

司教は馬を進め、甘《あま》い香《かお》りのするひんやりした霧のなかへ入った。霧が晴れてふたたび視界が開けたとき、あたりはなんの変わりもなかった。いや、変わりがないように見えた。司教はまえと同じように森のなかにいた。だが、物音ひとつきこえなかった。風がそよとも吹《ふ》かないので、木の枝や葉が触《ふ》れあって音をたてることもない。馬のひづめの音も、人の声も、猟犬の声もしない。鳥のさえずりさえきこえない。突然《とつぜん》、この世で生きているのは司教と馬だけになったように思われた。

司教は、静まりかえった森のなかをゆっくりと進んでいった。狩りの仲間はどこへいったのだろう？　猟犬は？　シカは？

そのとき、木の間から城の塔《とう》と城壁《じょうへき》が見えた。高くてがんじょうな石造りの城で、昨日《きのう》まではなかったものだ。司教は手綱《たづな》を引いて馬をとめると、驚《おどろ》きと恐怖《きょうふ》を感じながらじっとその城を見つめた。それから、神のご加護《かご》を頼《たの》みになおも進んだ。

城の跳《は》ね橋はおろされ、巨大な扉《とびら》についている小さな出入り口が開いていた。門番が大声で、司教の名前と用件をたずねた。

司教は、自分の森でそんなことをきかれていぶかしく思ったが、答えた。

「わたしはピーター・デ・ロッシュ。神に仕える者。ウィンチェスターの司教《しきょう》だ……。ところで、この城の主はどなた様かな？」

「司教様よりも偉大《いだい》なおかたです」門番がいった。

「ほんとうか？　ならば、そのかたにお目にかかりたいが」

「よろしいでしょう。ここに客人をお迎《むか》えするのは二百年ぶりですから」

司教が馬に乗ったまま橋をわたって城内に入ると、男がひとりやってきて、司教の馬を引いていった。城のなかからは、数人が迎えに出てきた。司教は、男たちの奇妙《きみょう》な服装やこわばった白い顔を見て恐《おそ》ろしくてたまらなかったが、心は驚《おどろ》きと好奇心《こうきしん》でいっぱいだった。

長く冷たい石の廊下《ろうか》を進むと、大広間に出た。壁《かべ》の一面に、赤地に一羽の黒いオオガラスを描《えが》いた旗《はた》が掛《か》けられている。広間の中央には、意外なものがあった。これまでに見たこともないようなどっしりとした円卓《えんたく》で、そのまわりには大きくてりっぱないすがたくさんおかれていた。

広間の奥《おく》にチェス盤《ばん》をのせた小さなテーブルがあり、そのわきに男がひとり座っていた。背丈《せたけ》は二メートル以上ありそうだ。口ひげとあごひげは長く、髪《かみ》の毛はたてがみのようにごわごわしている。こんな大きな男に、司教はこれまでに会ったことがなかった。

「ようこそ、ピーター・デ・ロッシュ君。わしとチェスをしないかね」男はいった。

「はい、喜んで」

司教はそう答えて、向かい側に座り、チェスをはじめた。長い一戦のすえに、男が勝った。男はもう一戦といいだし、こんどは数分で勝った。三度目は、男が一時間で勝った。すると、男はいった。

「きみは、チェスでもほかのものでも、わしには勝てそうもないな、司教殿《どの》。生前、わしは、策士《さくし》としては国でいちばん抜《ぬ》け目がなく、戦士としてはもっとも偉大であった。チェスの名人でもあった。以来、七百年というもの、あらゆる技をみがいてきたのだ」

「お見受けしたところ、陛下《へいか》は王であられたかたのようでございますが、失礼ながら、お名前をうかがわせていただけますでしょうか?」

「生前のわしの名は、ブリテンの王、ユーサー・ペンドラゴンの息子《むすこ》、アーサーであった。いまの世で、わしは忘れられているのかね?」

「いいえ」と司教《しきょう》は短く答えた。が、心臓《しんぞう》がとまりそうだった。「そんなことはございません、陛下。ただこれまでずっと、天国に安住の地を得られたものと考えられておりました」

「ああ、だがあそこは、わしにふさわしいところではなかった。天国にいくには、わしの罪《つみ》は深すぎる」

「それならば……失礼をお許しください、陛下。なぜいま地獄《じごく》にいらっしゃらないのでしょう」

「ふーむ、そうだな。地獄に落ちるには、わが勇気はあまりにも比類《ひるい》なきものであり、わが志《こころざし》はあまりにも高く、わが名声はあまりにも光り輝《かがや》くものであった。だからここで、わしは待っておる。待たねばならぬのだ。世界が終わりを迎《むか》えるときまでな。最後の審判《しんぱん》の日に、わしに裁《さば》きがくだされるであろう。わしが犯《おか》した悪と施《ほどこ》した善《ぜん》がてんびんにかけられる。わしに痛《いた》めつけられた者たちは、わしを愛し、わしの名のもとに立ちあがる者たちに激《はげ》しく抗議《こうぎ》するであろう。そして最後に決断がくだされる。大天使ミカエル軍の指揮官《しきかん》となるか、地獄の闇《やみ》のなかへ葬《ほうむ》られるかだ。どちらになるのか、わしにはわからぬ。望むこともできぬ。ただ待つのみだ。司教殿《どの》、わしはこれまでも長いあいだ待ってうんざりしておるが、それはまだまだ続くのだ。さあ、もうひと勝負しよう」

ふたりはまたチェスをはじめ、司教が負けた。それからふたりは円卓《えんたく》にうつり、司教は円卓を囲む騎士《きし》たちにまじって座ると、この城に生きた客人が最後にきてから二百年のあいだに世界で起こったことを思いだせるかぎり話してきかせ、みんなを楽しませた。食事が終わると、王は司教にもうしばらくいてくれないかと頼《たの》んだ。だが、司教は退出《たいしゅつ》を願いでた。自分が住む世界からなぜかべつの世界へきてしまっているので、アーサー王や騎士《きし》たちと一分過ごすごとに、自分の世界では一年が過ぎているかもしれないと思ったからだ。

「ご理解くださいませ、陛下《へいか》。わたくしはおろかにも自分の身が気がかりなのでございます。時が過ぎさり、陛下とともに最後の審判《しんぱん》を受けるようなことにでもなりましたなら、わたくしも同じ裁《さば》きをまぬがれないのではないでしょうか？」

アーサー王は声をあげて笑うと、退出《たいしゅつ》を許した。

「そうは申しましても、わたくしの世界にもどって狩《か》りの仲間たちに会い、どこにいっていたかを話しましたら、みなになんといわれるでしょう？　お教えくださいわたくしが、ブリテンの王、ユーサー・ペンドラゴンの息子《むすこ》、アーサー様とチェスをし、ともに食事をさせていただいたことを、どのようにして証明すればよろしいのでしょうか？」

「右手を上げて、強く握《にぎ》るのだ」とアーサー王はいい、司教《しきょう》はそのとおりにした。

「さあ、その手を開け」司教がこぶしを開いた。すると手のひらから、生きたチョウが元気よくぱっととびだした。「おまえのいうことを疑《うたが》う人びとは、これで信じてくれる。この力は、おまえが死ぬまで消えないであろう」アーサー王はいった。

司教はおじぎをして、礼をいった。それから中庭に出ると、馬にまたがり、城門を出た。そして、鳥も動物も動かない静まりかえった森に入り、甘《あま》い香《かお》りがするひんやりした霧《きり》のなかに馬を進めた。すると、たちまち霧が晴れた。

そのとき、馬のひづめの音がきこえた。狩りの仲間たちが猟犬《りょうけん》のあとを追いながら司教に声をかけ、そばを通りすぎた。

その夜、司教が昼間のできごとを話したところ、司教をうそつきだといった者はだれもいなかった。なんといっても、話したのが司教だったからだ。だが、その話を信じた者もいなかった。

司教は握りこぶしをつくると、その手を開いて、チョウを舞《ま》いたたせた。チョウはみんなに見えたが、それが司教の手から出てきたことを、だれも信じようとはしなかった。だが、司教が十回こぶしをつくって開き、青や褐色《かっしょく》や黄色や赤のチョウが十ぴきとびだして宙《ちゅう》を舞《ま》うのを見るとやっと、だれもが納得《なっとく》した。
この不思議《ふしぎ》な力は、ピーター・デ・ロッシュが死ぬまで消えることはなく、ロッシュは〝チョウの司教《しきょう》〟として知られるようになった。そして、イングランドの各地から人びとが司教を訪ねてきては、神の恵《めぐ》みのしるしとして、その手からチョウを出してくれるように頼《たの》んだのだった。

（註）ピーター・デ・ロッシュ――中世イングランドのジョン王の信頼が厚く、政治・宗教両面で重用された。一二〇五年から死亡する一二三八年まで、カトリックのウィンチェスター管区の司教を務めた。「チョウの司教」という伝承の有無は調べたかぎりでは不明。なお、イングランド南部の町ウィンチェスターはアーサー王（イギリス五～六世紀ごろの伝説の王）ゆかりの地のひとつである。

8 墓場《はかば》に燃える火

ひとりの兵士が皇帝《こうてい》のために何か月も戦ったあと、家族に会うために休暇《きゅうか》を与えられた。だが、まっすぐ家には帰らず、寄り道をして友人を訪ねると、暖炉《だんろ》のそばに座って飲み食いしながら話をした。

「驚《おどろ》くなよ」友人がいった。「死んだぞ、あの魔法使《まほうつか》い」

「えっ、あの魔法使いのじいさんが死んだって？　ほんとうに死人の仲間入りをしたのか？　不死身《ふじみ》かと思っていたがな」兵士はいった。

「死んだのはたしかだ。だが、完全に死んだかどうかは、わかったもんじゃないぞ」

兵士が帰ろうと立ちあがったとき、外はすでに暗く、友人は兵士にいった。

「泊《と》まっていけよ。外にはなにがいるかわからんぞ。墓場《はかば》を通らなきゃならないし」

だが兵士は、家族より先に友人に会ったことが後ろめたかった。それにもう家に帰ろうとかたく心に決めていた。

「襲《おそ》われたりなんかするもんか。いいか、兵士は皇帝《こうてい》のものだぞ。幽霊《ゆうれい》や死霊《しりょう》だって承知《しょうち》のことよ！」といって、兵士はさっさと暗闇《くらやみ》のなかへ出ていった。

墓場につくまでは、なにごとも起こらなかった。だがそのとき、墓場の茂《しげ》みや墓石のあいだから、焚《た》き火の炎《ほのお》が揺《ゆ》らめいているのが見えた。夜もふけたこんな時間に、なぜ墓場で火が燃えているのだろう。兵士は首をひねり、しばらくいぶかしげに立ちどまっていたが、やがて墓場の入り口からなかへ入った。

墓場の小道をたどっていくと、黄色い光の輪が火のまわりに大きく広がっているところに出た。その火の真ん中には、死んだときいた魔法使《まほうつか》いが座っていた。炎の上であぐらをかいて、靴《くつ》を縫《ぬ》っている。

「やあ、だんな、調子はどうだい？　元気そうだな」兵士はいった。

魔法使いは炎のなかから、兵士を見下ろした。

「こんばんは、兵隊さん。ごあいさつありがとう。気分は最高だ。ちょうど村の結婚《けっこん》式《しき》へいくところなんだ。いっしょにいくかい？」

「もちろん。おれは楽しめる機会《きかい》は、絶対《ぜったい》に逃《のが》さないんだ。世の中、楽しみなんてそうあるもんじゃないからな」

魔法使いは、縫いあげたばかりの靴をはき、焚き火の炎のなかから出た。

「では、いっしょにいこう」

ふたりは村まで歩き、結婚式の祝《いわ》いでにぎわっている家についた。人びとが歌ったり踊《おど》ったり、飲んだりしていた。

魔法使いは婚礼《こんれい》の客みんなに礼儀《れいぎ》正しかったし、客たちの魔法使いへのふるまいも生きていたころよりずっと丁重《ていちょう》だった。人びとは、酒やごちそうをすべて取りわけ、魔法使いにすすめた。魔法使いはくちびるでそっと食べ物にふれたが、自分にはもうこういうものは必要ないのだと、兵士にいった。

しばらくすると、魔法使《まほうつか》いは両手で空中に絵を描《か》くようなしぐさをした。たちまち、その場の人びとがすべて眠《ねむ》ってしまった。兵士だけは眠気《ねむけ》をがまんし、目をあけたまま、なにが起こるか見ていた。

魔法使いはポケットからガラスの小瓶《こびん》を二本と靴修理《くつしゅうり》に使う錐《きり》を取りだし、花嫁《はなよめ》と花婿《はなむこ》に近づいた。そして花婿の手に錐を突《つ》きさして血をぬき、それを小瓶のひとつにいれてふたをしてから、自分の左のポケットにいれた。同じように花嫁の血もぬいて、もう一本の小瓶にいれた。それからふたをし、右のポケットにいれた。魔法使いは、眠りこんでいる人たちみんなに「おやすみ」といって、家を出た。

兵士は起きあがり、魔法使いのあとを追って通りを急ぐと、大声で呼びかけた。

「だんな！　教えてくれ、なぜあんなふうに花嫁と花婿の血をとった？」

「ああ、見てたんだな？　きまっている、殺《ころ》すためさ」魔法使いはいった。

「かわいそうに、あの若いふたりは死ぬってことか？」

「明日《あす》の朝、ふたりは目をさまさない。そして、だれにもふたりを目ざめさせることはできない。わしの魔法を解くことができる者はいないからな。ずっと遠くまでいっても、このあたりにはそんなことのできる魔法使いはいやしない」

「だんなはそうとうな腕前《うでまえ》のようだ」兵士はいった。「賢《かしこ》いっていうのは、すごいことだよなあ。人間のいちばんすばらしい部分は脳《のう》みそだ。だんなの頭にゃ、きっとぎっしりつまっているんだな……いったいその魔法は、どうしたら解けるんだ？」

「いたって簡単さ。やり方さえ知っていればな。わしの左右のポケットに、花婿と花嫁の血をいれた小瓶が入っている。ふたりを元どおりにするには、ただかかとを少し切って、そこへそれぞれの血を流しこめばいい。たちまち起きあがる」

「すごい！　ほかにはなにができるんだい？」

「望むことは、なんでもだ。どんな鳥や動物、昆虫《こんちゅう》にも変身できる。嵐《あらし》を起こすことも静めることもできる。石をダイヤモンドに、猫《ねこ》をご婦人に、キツネを紳士《しんし》にすることもできる——なあに、ごらんのとおり、死そのものだって、わしには問題ない」

「恐《おそ》れいりました。そんなひとのお供をしていたとは」兵士はいった。「だんなはすごいおかただ。これじゃだれにも、だんなを打ちまかすことなんか、できっこねえ。こいつはたしかだ」

「そうさ。だれにもできないね。そんなことをしようと思えば、アスペンの大枝百本をひと束《たば》にしたのを百束積んで、火葬《かそう》の薪《まき》の山をつくらにゃならん。そして、わしを正午に墓《はか》から掘《ほ》りだしてその薪の山に投げあげ、火をつける。だがな、そうしたところで、わしには勝てんよ。なぜかといえば、燃えているわしの体からは、ありとあらゆる生き物がとんだり、はったり、走ったりしながら出てくるからだ。もしそのなかのひとつでも、一ぴきのハエか小さなウジ虫でも逃《に》げきれれば、わしはそいつのなかにもぐりこんで、その場から逃げられるんだ」

魔法使《まほうつか》いがこういいおえたとき、ふたりは焚《た》き火のあとの灰と魔法使いのからっぽの墓があるところについた。魔法使いは兵士のほうを向いていった。

「話ができて、楽しかった。だが、これからおまえを八《や》つ裂《ざ》きにせにゃならん」

「えっ？」

「このまま帰したら、おまえはこのことをぜんぶふれまわるだろう。そうしたらみんなが、わしを滅《ほろ》ぼそうとやってくる。それは困る」

魔法使いはそういうと、長くて鋭《するど》い歯をにくにくしげにむきだし、兵士にとびかかった。兵士は剣《けん》をぬいて、死に物狂《ぐる》いで戦った。運よく、空が白みはじめていた。そして、兵士が魔法使いに剣先を向けつづけているうちに、夜明けの太陽が光を放った。魔法使いは自分の墓へ入ってしまった。

疲《つか》れはてた兵士は足を引きずりながら村にもどると、大声をあげながら家いえの戸をたたいてまわり、人びとを起こした。みんなが兵士を喜んで迎《むか》えたが、その姿に驚《おどろ》き、夜通し歩いてきたのか、強盗《ごうとう》に襲《おそ》われたのか、それとも病気なのかときいた。

「いまは、それを話すひまはない。まだ眠《ねむ》っている人間がふたりいるはずだ。昨日《きのう》結《けっ》婚《こん》した花嫁《はなよめ》と花婿《はなむこ》はどこだ？」

こうして、花嫁と花婿がどうしても目をさまさないことがわかった。それと同時に村人たちは、なぜ兵士が結婚式《けっこんしき》のことを知っているのか不思議《ふしぎ》に思った。だがなかには、結婚式で兵士を見かけた気がするという人もいた。兵士はみんなにいった。

「ふたりを助ける方法を知っている。これから話すことを、よくきいてくれ。おれはくたくたで動けないからここに残る。が、何人かで墓場《はかば》へいって、魔法使《まほうつか》いを掘《ほ》りだせ。あいつのポケットに血の入った瓶《びん》がある。それをここに持ってきてくれ。ほかの者はアスペンの大枝を一万本集めろ。百本ひと束《たば》にして、百束つくるんだ。そのあと、それで火葬《かそう》の薪《まき》の山をつくれ。ぜんぶを正午までにしなきゃならん。急げ」

すぐに男がふたり、墓場へ魔法使いを掘りだしに向かった。いっぽう、村じゅうの男と女と子どもたちが、アスペンの大枝を探した。兵士は眠《ねむ》った。

正午の一時間まえに、村人は兵士を起こした。アスペンの大枝が集められて、薪の山ができあがっていた。魔法使いがその上に寝《ね》かされ、準備がととのった。

「全員、武器を持て」兵士はいった。「こん棒《ぼう》、杖《つえ》、斧《おの》、くわ、ナイフ、矢、けん銃《じゅう》、なんでもいい。それから薪の山のまわりを何重にも取りかこめ。魔法使いは燃えると、あらゆるものに姿を変えて逃《に》げだそうとする。そいつらをぜんぶ殺《ころ》さなきゃならん。たとえ一ぴきの小さなハエでも逃げたら、あいつも逃げる。そうしたら、おれたちは痛《いた》めつけられて、殺《ころ》されることになるんだぞ」

そこでみんなは、手に手に道具や武器を持ち、兵士について墓場へいった。薪の山に火がつけられた。村人たちは何重にも火を取りかこんだ。

魔法使いの体が燃えはじめると、カラスの群れが炎《ほのお》のなかからふいに現われたが、矢と銃弾《じゅうだん》で撃《う》ちおとされた。クモが薪の下からあわてて出てきた。村人たちは足で踏《ふ》みつぶした。ミミズやウジ虫やトカゲは、くわやすきで切りきざまれた。子どもたちは、ハエやネズミをほうきでたたき殺した。薪の山から逃げようとするものはみんな殺されるか、炎のなかに投げかえされた。すべてが燃えて灰になったあと、兵士は村人に、その灰をまきちらして風でとばせといった。

「さて、あいつのポケットにあった血の入った瓶はどこだ?」

兵士に小瓶がわたされた。村人みんなが兵士について村へ、花嫁《はなよめ》と花婿《はなむこ》の家へと向かった。ふたりはまるで死人のように、あいかわらずベッドに横たわっていた。

「左のポケットにあったのはどっちの瓶《びん》だ？　右にあったのは？」兵士はきいた。

だれにもわからなかった。

「まあ、いいか。どっちも血にはちがいない」

兵士は、花嫁《はなよめ》と花婿《はなむこ》のかかとを少し切って、瓶の血をそれぞれに注いだ。すぐさまふたりは目をさまし、起きあがった。村じゅうの人が大喜びし、兵士を英雄《えいゆう》だとたたえた。休暇《きゅうか》のあいだじゅう、兵士は村人からあれこれもてなされた。食事をふるまわれ、祝杯《しゅくはい》をあびた。酒を飲むときはいつも、みんなのおごりだった。

やがて、兵士は連隊《れんたい》へもどっていった。そののち人びとは、新婚夫婦《しんこんふうふ》のふるまいを見て、口ぐちにいった。あいつは、どっちの瓶をどっちのかかとに注ぐかもっと気をつけるべきだったな、と。

そうはいっても、だれにだって、まちがいのひとつぐらいは許されるだろう。

9　真夜中の訪問者《ほうもんしゃ》

むかし、ひとりの母親が息子《むすこ》と娘《むすめ》と暮《く》らしていた。夫はすでに亡《な》く、母親は子どもたちをたいそう愛していた。娘が遠い国の商人に見そめられ、結婚《けっこん》して自分の国にきてほしいといわれたが、母親はききいれようとしなかった。娘を手放すことに耐《た》えられなかったのだ。

「母さん、」息子はいった。「姉さんを結婚させてあげてください。母さんに姉さんの助けが必要になったら、ぼくが迎《むか》えにいってここに連れて帰ると、約束するから」

そして、これを条件に、母親は娘の結婚を許した。

娘《むすめ》は夫の国へいき、そこで幸せに暮《く》らしていた。ときどき母と弟が会いにきたし、娘もときどき里帰りした。たくさんの手紙や贈《おく》り物が、遠く離《はな》れた二軒《にけん》の家のあいだを行き来した。

ある晩《ばん》、娘は居間《いま》の暖炉《だんろ》のそばで本を読んでいた。時計がちょうど真夜中を告げたが、本がとてもおもしろかったので、ろうそくをまた一本ともして、読みつづけた。

しばらくして、娘ははっとした。窓《まど》をコツコツとたたき、自分の名を呼ぶ声がしたのだ。窓から外を見ると、弟が立っていた。じっとこちらを見つめている。顔がひどく青ざめて見えるから、きっと病気なのだろう。娘は窓をあけて、声をかけた。

「どうしたの？　どうしてこんな真夜中に？　手紙をくれたらよかったのに。なにがあったの？」

「いっしょにきて」弟はいった。

娘には、母と弟が自分を訪ねてくる途中《とちゅう》で事故にあったとしか考えられなかった。母が、この近くのどこかで困っているようすを思いうかべた。おそらくけがをしているのだろう。娘はショールを肩《かた》にかけ、走って家を出ると、弟の手を取った。

「母さんのところへいきましょう」娘はいった。

弟の手は氷水のように冷たかった。その手で、弟は姉の手を強く握《にぎ》り、すぐに先に立って道を進みはじめた。ゆっくり歩いているのに、丘《おか》や木がとぶように後ろへ消えていく。姉には、はやく歩いているせいなのか、風に吹《ふ》かれて流れていく雲の影《かげ》のせいなのかわからなかった。ふたりは、まるで早瀬《はやせ》に浮《う》かぶ灯台船《とうだいせん》さながらに、月の光と影の上に浮いているようだった。川に出ると、川辺《かわべ》の木と水面にうつる影をかすめながら進んだ。姉は川の音にしばらく耳を傾《かたむ》けていた。

「おかしいわ。水のなかから声がきこえる。『見ろ、生者が死者と歩いていく』といっているみたい」姉がいった。

「姉さんは寝《ね》てるんだ。夢《ゆめ》を見ているんだよ」弟はいった。

「たぶんそうね」姉は笑った。

ふたりはなおもゆっくりと進み、高い木々が道をおおうように枝を伸《の》ばしているところを通った。かすかに吹《ふ》く風が木の葉を揺《ゆ》らし、月の光がちらちらした。

「耳をすまして！　木の葉が話している。『見ろ、死者が生者を連れていく』といっているわ」姉はいった。

「姉さんは寝《ね》てるんだ。夢《ゆめ》を見ているんだよ」弟はさっきと同じことをいった。

「そうかもしれないわね」

歩きつづけるうちに、ふたりの周囲で闇《やみ》が動き、しだいに薄《うす》れてきた。夜明けが近づいたのだ。姉は、ぼんやりと見えている丘《おか》をふるさとの丘だと考えた。ふるさとがひと晩《ばん》で帰ってこられるほど近くないことはわかっていたのだが。

あちこちで鳥たちが起きて、さえずりはじめた。姉がさけんだ。

「きいて！　鳥たちが話している。『生者と死者を見ろ』といっている」

「姉さんは寝てるんだ。夢を見ているんだよ」弟がいった。

「きっとそうね」

ちょうどそのとき、夜が明けて、目の前にふるさとの町が見えた。弟は先に立って通りから通りへと歩き、れんが造りのトンネルをいくつかぬけた。家いえの窓《まど》が夜明けの冷たい光で輝《かがや》き、鳥たちがいっせいにさえずった。町の教会という教会の鐘《かね》が鳴っていた。死者を送る鐘だ。

これは夢――悪夢《あくむ》にちがいない、と姉は思った。目に入るどの家の戸口にも、ペスト患者《かんじゃ》が出たことを示す赤いバツ印がペンキでつけられていたからだ。

姉は夢うつつで母の家の戸口につくと、弟のほうを向いた。弟の顔はやせて皮膚《ひふ》が骨に張りつき、痛《いた》ましいほど青かった。姉がなにもいわないうちに、弟がいった。

「家に入って、母さんのところへいって。ぼくが母さんを愛していたと伝えてね。それから、約束は守ったと」

一番鶏《どり》が鳴いた。握《にぎ》っていた弟の手がいつの間にかなくなり、弟は光のなかにすーっと消えてしまった。そのとき姉は、なぜ母に自分が必要なのかがわかった。

10　犬と幽霊《ゆうれい》

むかし、ある男が犬を連れて、ウサギ狩《が》りに出かけた。遠くまでいったうえに、途《と》中《ちゅう》で一杯《いっぱい》ひっかけたので、家につかないうちに日が暮《く》れてしまった。

家へ帰るには、墓地《ぼち》を通らなければならない。男は墓地の木戸のそばまできたとき、ぎょっとした。白い布をまとった背《せ》の高い人が、ふわっと木戸をぬけて道へ出てきたからだ。その人は立ちどまり、こちらを向いて待っている。あれは幽霊だ、おれを襲《おそ》うつもりなんだ。男はそう思ったが、どうすればいいかわからなかった。あそこを通らなければ家にはもどれない。しばらくためらっていたが、やがて、震《ふる》える声を張りあげてお祈《いの》りのことばを唱《とな》えはじめ、そのままま っすぐ進んでいった。

幽霊はそれでもあきらめなかった。男が近づいてくると、白い衣の下から骨だけの長い腕《うで》を伸《の》ばして男をつかんだ。幽霊の指の骨が男の体に深くくいこんだ。犬が体じゅうの毛を逆立《さかだ》ててうなり、幽霊の足の骨にかぶりついた。幽霊が大きな恐《おそ》ろしい声をあげた。男はぞっとして、がたがた震えだした。幽霊はもう一度大声をあげ、犬を振《ふ》りはらおうとした。だが犬は、地面を引きずられ、空中に投げだされても、幽霊を放さなかった。主人を助けようとかたく決心していたのだ。

男は、幽霊の注意が犬に向かったことに気づくと、とぶように走って、一目散《いちもくさん》に家に逃《に》げかえった。そして、震えながらベッドにもぐりこんだ。

犬と幽霊はひと晩《ばん》じゅう戦った。やがて夜が明け、幽霊はわけのわからないことをまくしたてながら、足を引きずって自分の墓《はか》へもどっていった。犬は家へかけもどり、玄関先《げんかんさき》に寝《ね》そべった。

犬は、朝になっても同じ場所にいて、気づいたおかみさんに、通りすがりに頭をなでてもらった。子どもたちが出てくると、朝ごはんをもらい、体をさすってもらった。おばあさんには、おいしいものをひと口もらった。

だが犬は、主人が出てくると、とびかかった。歯をむき、よだれをたらしながら押《お》したおして、のどにかみつこうとした。みんながかけよって棒《ぼう》でたたかなければ、男はかみ殺《ころ》されていただろう。その日、犬は何度も男にとびかかり、かみつこうとした。

「いったいどうしたっていうんだ？　いい犬だったのに。頭がおかしくなっちゃったのかい？」みんながいった。

そこで男は、まえの晩《ばん》に思いがけず幽霊《ゆうれい》に出くわしたことや、そのときに犬が必死になって自分を助けようとしてくれたことを話した。

「だがな、おれが逃《に》げるとき、こいつはまだ幽霊と戦っていたんだ。幽霊に魔法《まほう》かなんかかけられちまったのかな？」

「魔法をかけられただって！」男の母親がいった。「どうして犬が向かっていくのか、理由なんてわかりきってるじゃないか。ゆうべ、この犬はおまえのために命をかけたのに、おまえはひきょうにも、自分だけ家へ逃げかえり、幽霊と戦っている犬をおきざりにしたんだろ。怒《おこ》るのもあたりまえだよ！　この犬が一生おまえをうらんでも、ちっとも不思議《ふしぎ》じゃないね」

そして、そのとおりになった。犬はすきをついては男に激《はげ》しく襲《おそ》いかかり、男はとうとう犬を遠くへ売らなければならなくなった。それ以来、男は犬が死んだときくまでは、犬の影《かげ》におびえて暮《く》らし、狩《か》りにいく場所にも気をつけた。そのうえ夜は、幽霊が現われる真夜中まで外にいるようなことはなくなった。

11　老いも死もない国

むかし、ある国の王様にふたごの息子《むすこ》がいた。息子たちは生まれたときからいっしょに育てられ、王子としての教育もしつけもいっしょに受けた。食べるときも、遊ぶときも、寝《ね》るときも、ふたりは片時《かたとき》も離《はな》れたことがなかった。だが一人前になったころ、疫病《えきびょう》が町を襲《おそ》った。王子はふたりとも病に倒《たお》れ、兄は助かったが、弟は死んでしまった。

残された兄は生きる気力をなくした。弟にもう会えないことをどうしても受けいれられなかった。悲しみは深く、いつ癒《い》えるとも知れなかった。

そうか、わかった。ぼくもいずれは死ぬのだ。ぼくの人生はまるで小さな、小さな部屋《へや》のようなもので、その部屋のたったひとつの出口には死神が立っているんだ。

兄はそう思い、父のもとへいって、いった。

「もうここで父上と暮《く》らせません。ここには死しかありませんから。はやく死ぬか、老いて死ぬか、ちがいはそれだけです。わたくしはここを出て、老いも死もない国を探します。そこでなら、安心して幸せに暮らせます」

王様は息子の旅立ちをさびしく思い、心配もした。けれども、息子の悲しみの深さがわかっていたので、とめはしなかった。王子はほとんどなにも持たず、だれにも別れを告げずに馬にまたがり、老いも死もない国を探す長い旅に出た。

世界じゅうを旅したが、どこの国にも老いと死があった。それで、王子は旅を続けなければならなかった。

そのうちに、向こう岸が見えないほど大きな湖のほとりについた。ひとりの女が、ざるで湖の水をすくっていた。水は、ざるの目から大部分がこぼれおちたが、何滴《なんてき》かが残り、女はそれを地面にまいていた。王子を見ると、女は手をとめて、声をかけた。

「旅のおかた、どちらへいかれるのですか？」

「老いも死もない国を探しています」

「それなら、ここに留《とど》まってはどうですか。もう長いこと、わたしはだれとも話していないのです」

「老いや死はここにきますか？」

「わたしがざるでこの湖をからっぽにするまでは、きませんよ」

「では、いずれくるのですね」王子はいった。そして、馬を進めた。

それから何日もして、王子は大きな森のはずれについた。山やまや目に入る谷という谷は草や木で緑一色におおわれていた。ひとりの女が、森の大木を切りたおそうとしていた。木の幹《みき》は腕《うで》をまわせないほど太いのに、小さな爪切《つめき》り鋏《ばさみ》を使っている。

「旅のおかた、どちらへいかれるのですか？　こっちにきて、話をしてくださいな」

「老いも死もない国を探しています」

「それなら、ここに留まってはどうですか。わたしはもうへとへとですし、ずっと話し相手がなかったのです」

「老いや死はここにきますか?」

「きます。でも、わたしの小さな爪切り鋏で、この森の木を残らず切りたおすまではきませんよ」

「では、いずれくるのですね」王子はいった。そして、馬を進めた。

それから何日も旅を続けたあと、王子はたいそう美しい光景に出くわし、立ちどまって見とれた。高くそびえる硬《かた》いダイヤモンドの大きな山が太陽の光を受けて明るくきらめいていたのだ。手をかざすと、小柄《こがら》な女が山のふもとにひざまずいているのが見えた。女は爪やすりで山肌《やまはだ》をこすっている。

「どちらへいかれるのですか?」

「老いも死もない国を探しています」

「それなら、ここに留まってはどうですか。老いも死もきますが、それは、わたしが爪やすりで、このダイヤモンドの山をけずって、こなごなにしてしまってからですよ」

「では、いずれくるのですね」王子はいった。そして、馬を進めた。

とうとう王子は、地の果てについた。そこには風たちが住んでいて、王子に大声で呼びかけた。

「王子よ、なぜここにきた？　ここには生きているものはいないし、生きていくためのものはなにもないぞ」

「ぼくは老いも死もない国を探しています」

「それならば、見つけたということだな。ここはまさしくその国だ」

王子は、ずっと探していた国を見つけたことが信じられず、大声できいた。

「ほんとうに、ここには老いも死もこないのですか？」

「こないとも。そういうものがきたら、わしらが吹《ふ》きとばしてしまうからな」

「では、ここにいることにします。ここでなら、ぼくは安心して暮《く》らせそうです」

風たちは世界じゅうを吹きわたり、あらゆる時代のものをあらゆる場所から無数に集めてくる。そして、その忘れられ捨てられていたものを積みあげて、大きな山にしていた。編《あ》んだ髪《かみ》、羽毛、ばらばらになった本のページ、貝殻《かいがら》、骨、樽《たる》、石、割り符《ふ》、硬貨《こうか》、はぎれ、枯《か》れた花、小さな肖像画《しょうぞうが》入りのペンダント、すりへった杖《つえ》などがあった。王子は、その山から工具やツバメの巣、香水《こうすい》の瓶《びん》、さびた釘《くぎ》、かけたコップなどを見つけては楽しんだ。ほかにも、高価で珍《めずら》しいものから単なるがらくたまでいろいろあったが、どんな本にせよ一冊では書ききれないほどのものがあった。

ある日、王子はこわれた指輪を偶然《ぐうぜん》見つけた。それは、王である父が親指にはめていた印章《いんしょう》をほりこんだ指輪だった。王子は指輪のよごれをとって、みがいた。指輪の輝《かがや》きが増《ま》すにつれ、父や自分の家が恋《こい》しくなってきて、ひそかに考えた。

ぼくはここでずっと生きていくとしても、父やぼくの知っている人たちはみな死んでしまう。いちど城に帰って、みんなに会ってこよう。

そこで、王子は凪たちに向かって、大声でいった。

「故郷《こきょう》に帰ることにしました。あちらで一、二年過ごしたら、またもどってきます」

「もうおまえの育った城はないぞ。ずっとむかしに崩《くず》れおちて、土に埋《う》もれておる」

「でも、ぼくがここにきてから、まだ数か月しかたっていませんよ」

「おまえの父や友人たちは死んだ。その子どもの子どもたちも死んだ。おまえはここに長くいすぎたのだ」

「うそだ。ぼくがここにきてから一年もたっていないじゃないか」王子は腹《はら》をたてた。

「老いも死も、ここにはこない。だがな、やつらは気の向くままに世界じゅうを旅しているのだ」

しかし王子は、風たちのいうことを信じようとしなかった。そして地の果てを出て、故郷《こきょう》をめざした。

途中《とちゅう》で、ダイヤモンドの山があったところにきた。山で残っているのはほんのひとかけらになり、あのときの女がまだ爪《つめ》やすりでけずっていた。

「ずいぶん久しぶりですね！」と、女は王子に声をかけた。

「一年ぐらいだと思っていましたが、きっともっとたっているのですね」

王子がそういったとたんに、女が山の最後のひとかけらをけずりおえ、風がやってきてその粉を吹《ふ》きとばした。たちまち、女は年をとって、死んだ。

王子は旅を続け、森のあったところについた。まだ木が一本立っていた。爪切《つめき》り鋏《ばさみ》を持った女が王子を見て、声をかけた。

「あら王子さま！　この道を通っていらしてからずいぶんになりますね」

「ほんの二、三年かと思っていましたが、きっともっとたっているのですね」

王子がそういっているうちに、女が最後の幹《みき》を爪切り鋏で切り、木は倒《たお》れた。たちまち、女は年をとって、死んだ。

王子は旅を続け、湖のあった場所についた。水がなくなり、湖は干上《ひあ》がっている。ざるを持った女が最後の数滴《すうてき》の水をまいていた。女が王子を見たちょうどそのとき、最後の一滴が落ちた。女は年をとって、死んだ。

王子は馬を進めた。もうほとんど希望を持っていなかった。それでも父親の城を探しながら旅を続けた。ときどき、見覚えのある丘《おか》や川があるものの、国は変わっていた。道はまえよりへこみ、町は大きく、森は小さくなっていた。ようやく故郷《こきょう》にたどりついたが、父の城があったところには緑の丘《おか》があるだけで、かつて町をとりまいていた城壁《じょうへき》や塔《とう》はあとかたもなかった。

王子は馬をおりて、丘の上までのぼった。頂上のくぼんだところで、ふたりの人が座ってチェスをしていた。ふたりとも前かがみになってチェス盤《ばん》に向かっているので、顔は見えない。ひとりは長い白髪《しらが》の老婆《ろうば》だった。何足かのはきつぶした靴《くつ》の紐《ひも》をまとめてしばり、肩《かた》にひっかけて、靴を後ろに引きずっている。老婆の相手は背《せ》の高そうなやせた男で、丈《たけ》の長い黒い僧服《そうふく》を着て、黒いずきんをかぶっている。そばの地面には、大きな鎌《かま》がおかれていた。

ふたりがチェスに熱中していたので、王子はそばに立って、この人たちはだれだろう、どうしてこんな丘の上でチェスをしているのだろうと思っていた。王子が少し動くと、チェス盤に影《かげ》がさした。とうとうふたりも気がついて、王子に顔を向けた。

老婆の顔は、王子が見たこともないほどしわだらけで、やつれていた。男の顔は、ずきんにかくれてよく見えなかったが、皮膚《ひふ》が骨に恐《おそ》ろしいほどぴったり張りついているようだった。

「坊《ぼっ》ちゃま、やっともどってこられましたね！　いったいどれだけ長いあいだ探しまわり、どれほどの距離を歩きまわったかおわかりになりますか？　こんなにもたくさんの靴《くつ》をはきつぶしたのですよ！」

老婆は大きな声でそういうと、肩にかけたぼろぼろになった靴の長い紐を振《ふ》った。それからふいに手を伸《の》ばして王子の手をつかみ、まるで自分の体の一部にでもするかのように強く握《にぎ》った。

僧服を着たやせた男が、王子のもう一方の手をつかみ、冷たい手で老婆と同じくらい強く握ると、いった。

「いっしょにおいでなさい。父君や弟君のいらっしゃるところにお連れしましょう」

こうして、王子はよその国を旅していた年数だけ年をとり、死んだ。

12　道連れ

むかし、ジャック・ゲイブリエルという男がいた。毎晩《まいばん》、酒場《パブ》で酒を飲み、店が閉まるまで帰ろうとしなかった。ときには閉まったあとも飲んでいた。毎晩、真っ暗ななかを歩いて帰り、千鳥足《ちどりあし》で家に入ると、家具にぶつかって倒《たお》しては家族全員を起こした。ジャックは妻《つま》に、もう少しはやく帰ってきてほしいと口すっぱくいわれたが、気にもとめなかった。もっと静かに家に入るようにとも頼《たの》まれたが、酔《よ》っぱらっているので、そんなことはできなかった。

ある冬の夜のこと、ジャックはパブから家へ向かった。月が道や水たまりに張ったた氷を明るく照らしていたが、その光は心をなごませるようなものではなかった。絶《た》えずちらちらして、怪《あや》しげだった。その夜はあたりがなんとなく不気味《ぶきみ》で、主人のジャックにいつもついて歩く小犬がクーンクーンと鳴きだし、毛を逆立《さかだ》てはじめた。それを見て、ジャックは気味が悪くなり、口笛《くちぶえ》を吹《ふ》いたり、たびたび振《ふ》りかえって後ろを見たりするようになった。生《い》け垣《がき》の立ち木の根もとや木々のかげにもなにかの気配がないかとうかがった。そして、こんなときに道連れがあったらどんなにか心強いだろうと思った。

ジャックは角を曲がった。すると、前方に女の姿が見えた。つばの広いボンネットをかぶり、肩掛《かたか》けをして、かごを腕《うで》にさげている。

「道連れだ」とジャックは小犬にいった。「あのようすでは、かわいい娘《こ》だな。かわいそうに。どうしてこんな遅《おそ》くにひとりで歩いているんだろう。あの娘《こ》も連れができたら、うれしいんじゃないかな」

ジャックは娘《むすめ》に追いつこうと、足をはやめた。犬は尻込《しりご》みし、ますます毛を逆立てると、生け垣《いがき》を必死になってくぐりぬけ、どこかへ逃《に》げてしまった。ジャックはそれにはまったく気づかなかった。

ジャックは娘《むすめ》に追いついて、声をかけた。

「今夜は、寒いねえ」

「ほんとに、寒いですね」娘は低くてやさしい声でいった。

ジャックはうれしくなった。娘の顔はボンネットのつばにかくれて見えなかったが、声がこんなにきれいなら、顔もかわいいにきまっていると思った。

「おじょうさん、こんな遅《おそ》くに、ひとりでお出かけとはたいへんですね」ジャックはいった。

「ええ、出てこなければならなかったのです。祖母が病気になって、そばにいてほしがっていますので」

「で、いっしょにいってくださるご主人か、ご兄弟か、お父上はいらっしゃらないのですか」

「はい」娘はため息をついた。「わたしは、ひとりぼっちなのです」

「おやおや、それはお気の毒に。さあ、そのかごをお持ちしましょう」

ジャックはかごを受けとった。すると、「ありがとうございます。ご親切に」という娘の低くてきれいな声がした。と同時に、かごが揺《ゆ》れるのに、ジャックは気づいた。その声はかぶっているボンネットのなかからではなく、なんとかごのなかからきこえてきたのだ。

ジャックの体は冬の夜の寒さで冷えていたが、これでもう骨の髄《ずい》まで冷えきってしまった。ジャックは、わきを歩いている娘を見た。かわいくて、礼儀《れいぎ》正しそうだ。娘も見られていることがわかったかのように、首をまわした。ジャックはそのときはじめて、ボンネットのつばの奥《おく》をのぞいた。なかはからっぽだった。

「首なし幽霊《ゆうれい》だ!」ジャックは大声をあげると、恐怖《きょうふ》に震《ふる》えて、かごを落とした。上にかかっていた白い布がはらりと落ち、なかからかわいい娘の頭が、低い声で笑いながら霜《しも》のおりた道にころがりでた。

ジャックはかけだした。ドタドタ走って家へと向かった。胸《むね》は早鐘《はやがね》のように打っていた。後ろでは、首なし幽霊《ゆうれい》が走ってくる軽やかな足音がした。

そのうちに、もっと恐《おそ》ろしいことが起こった。幽霊娘《むすめ》の大きな笑い声がきこえ、娘の頭がころがりながらジャックのそばを通りすぎたのだ。頭は目玉をぎょろっとまわして、ジャックを見た。白目が光った。そのあと、頭はジャックをころばそうと、足もとにころがってきた。ジャックは死に物狂《ぐる》いでとびあがった。それでも頭は同じようにとびあがり、かかとにかみつこうとした。

けれどもジャックは、うまくとんで頭をよけると走りつづけ、家の戸口に突進《とっしん》して、「なかにいれてくれ、はやく」と妻《つま》に向かってさけんだ。妻は戸をあけ、ジャックを家のなかにいれた。つづいて、いなくなっていた小犬も恐怖《きょうふ》で震《ふる》えながらとびこんできた。

ジャックは、三日間寝込《ねこ》んでようやく、この夜のできごとから立ちなおった。そして終生《しゅうせい》、夜ふけには外出しないように気をつけていた。

ジャックの妻はこの話になるといつも、「その幽霊《ボガート》はきっととても賢《かしこ》い娘さんなのね。ジャックに深酒しないではやく帰るように教えたんだもの」としかいわなかった。ジャックにそれを教えることは、妻にはそれまでずっとできなかったのだから。りっぱな頭をかごのなかではなく、肩《かた》の上にきちんとのせているというのに。

（註）首なし幽霊――この「幽霊」は正確には妖精のボガート。ボガートはイギリス北部地方に多く、人間に危害は加えないが、いたずらをするといわれている。

第2部　ほんとうにあった怖い話

13 墓掘《はかほ》り

——これはほんとうにあった話です。わたしのひいじいさん、ジョディ・プライスの身に起きたことですから。

ジョディ・プライスは炭坑《たんこう》で働いていたが、咳《せき》がひどくなってやめさせられた。慢《まん》性《せい》の気管支炎《きかんしえん》をわずらい、しばしば気を失うほどひどく咳《せ》きこんでいたからだ。意識を失っていては、石炭を掘れるはずがない。それでお払《はら》い箱になったのだった。

咳いてばかりいたせいで、ジョディは腹《はら》の底から絞《しぼ》りだすような苦しげな声になってしまった。その声はまるで炭坑の深い穴《あな》の底で石炭を掘るときの音のようだった。ジョディが近づいてくればいつも、だれもが気づいた。すぐに息を切らし、ゼイゼイあえいでいる声は遠くにいてもきこえたからだ。

炭坑《たんこう》を首になったあと、ジョディは墓掘《はかほ》りの仕事についた。遺体《いたい》が埋葬《まいそう》される前日に墓穴《はかあな》を掘り、教会の堂守《どうもり》から手間賃《てまちん》を受けとると、かならず酒場《パブ》の〈ふらり亭《てい》〉に向かった。そこで何杯《なんばい》かひっかけたあと、〈琥珀《こはく》の一滴亭《いってきてい》〉にはしごしてまた何杯か飲み、ドミノで遊んだり、とりとめのない話をしたりした。それからゼイゼイあえぎながら家に帰るのだった。

ジョディは帰りにはいつも近道をして、墓地《ぼち》を通りぬけていた。そしてある真っ暗な夜、自分がその日の午後に掘った墓穴に落ちてしまった。穴の底にあおむけに倒《たお》れたジョディは、目の前に自分の足の先があるのを見て、どうしてこんな姿勢《しせい》になっているのか考えていたが、しばらくしてやっと事態《じたい》がのみこめた。

墓穴から外に出るのは容易《ようい》なことではなかった。というのも、墓穴の深さは一メートル八十センチはあるのに、ジョディの身長はたった一メートル五十センチだったからだ。しかも酔《よ》っぱらっていた。それに、穴の壁《かべ》はどこも土がやわらかかった。ジョディは何度のぼっても穴の底にずるずるとすべりおち、泥《どろ》だらけになってしまった。

シャベルがあれば、それを台にして穴から出ることができたかもしれない。ところが、あいにくシャベルは穴の外の、墓を掘るときに積みあげた土の上に突《つ》きたてられていた。ジョディは疲《つか》れて、息が切れてきた。そこで、穴のなかに座って一夜を過ごすことにした。朝になればだれかが通りかかって手を貸してくれるはずだ。

そんなわけで、ジョディは墓穴のすみに腕《うで》を組んでうずくまった。体じゅう泥だらけで冷えきっていたが、そのことは考えないようにして、しばらくうとうとした。

と、そのとき、いきなりそばでドシンという音がし、わめき声がきこえた。ジョディはぎょっとして、心臓《しんぞう》がとまりそうになった。そして、暗闇《くらやみ》に目をこらした。すぐ近くで、ののしり、ぶつぶついう声がする。だれかがうろうろしては、穴の壁にドンとぶつかっていた。ジョディのほかにも、千鳥足《ちどりあし》で墓地を歩いてきてこの墓穴に落ちた男がいるようだ。

ジョディは口をつぐみ、自分がそこにいることを気づかれないようにした。それがだれなのか、闇のなかではさっぱりわからない。だが、こんな夜ふけに墓穴に落ちてくるのは、ろくな人間ではないだろう。

男は、穴《あな》の壁《かべ》にとびついては泥《どろ》のかたまりといっしょにドスンと落ちているようだった。まもなく息づかいが荒《あら》くなってきたが、穴の外には出られそうにない。ジョディは手をぬかずに仕事をするから、掘《ほ》った穴の深さはどれも、ゆうに一メートル八十センチをこえている。この男がひと晩《ばん》じゅうがんばっても墓穴《はかあな》からは出られない。それがわかっているジョディは、かわいそうに思い、とうとう自分がいるすみのほうから、いつものように腹《はら》の底から絞《しぼ》りだすような苦しげな声で話しかけた。

「わしの墓から出ようったって無理だ。わしもずいぶんやってみたがな、かなわなかったのさ」

ところが、ジョディがそういいおわったときにはもう、男は墓穴からとびだして、教会墓地《ぼち》のはずれまでいってしまっていた。

「やつはあんなふうにとびあがって外に出られたんだ」ジョディじいさんはいいました。「それなのに、もどってきて手を貸してはくれなかった。おやすみすらいわなかった。こんなひどい話ってあるかい？」

14 トロル

――これはほんとうの話にちがいないと、わたしは思っています。本で読みましたから。アイスランドで人びとが毎年夏に食糧《しょくりょう》や薬にするコケを摘《つ》みに山に入っていたころの話だそうです。

むかし人びとは、夏になると山あいの草地にテントを張り、そこに留《とど》まって一年分のコケを集めたものだった。ある年、三人の姉妹がひとつのテントに寝泊《ねと》まりしていた。姉妹の名は上からソラ、ウン、ゲルダといった。

三人は働き者だったから、昼間は山を歩きまわり、腰《こし》をかがめてコケを摘んでは大きなかごをいっぱいにした。夜には疲《つか》れきって、ぐっすりと眠《ねむ》った。だから、いちばん下のゲルダがその夜、真夜中に目をさましたのは不思議《ふしぎ》だった。いつもなら熟睡《じゅくすい》しているころなので、ゲルダの頭もまぶたも重かった。そのとき寒いと思わなければ、そのまままた眠ってしまっていただろう。

寒い理由はすぐにわかった。となりに寝ていたいちばん上の姉ソラがいなくなっていたのだ。ゲルダは手を伸《の》ばし、ウンを揺《ゆ》りおこした。ウンはなかなか目をさまさなかったし、やっとさましたあとも、ゲルダの話をのみこむまでにはさらに時間がかかった。しかしようやく、ふたりはいっしょにテントの外に首を出し、ソラを探した。

月と星が青白く輝《かがや》き、空気が澄《す》みきっていたから、はるか遠くまで見渡《みわた》せた。ソラが草地を横切り山のほうに向かって歩いているのが見えた。ソラは力強く一歩踏《ふ》みだしては立ちどまり、それからのろのろともう一歩踏みだしている――おかしな足取りだ。それでも、とてもはやく進んでいく。ふたりが大声で呼んでも、必死になってさけんでも、ソラは足をとめなかった。そのうちにとうとう、ふたりはほかのテントの人たちを起こし、のどもかれてしまった。

そのとき、ゲルダがたいへんなものを見つけて、指さした。山腹《さんぷく》の狭《せま》い岩棚《いわだな》にトロルが立っていた。

トロルは長い腕《うで》をソラのほうに伸《の》ばしては、胸《むね》の前で交差させている。そのたびに、ソラが前進する。ソラはトロルにあやつられているようだった。

ウンとゲルダはもうさけんでいるどころではなかった。すぐにテントからはいだすと、姉のあとを追って走りだした。しかし、地面には黒ずんだところがたくさんあった。穴《あな》かもしれない。ふたりは足をとめては確かめ、走りつづけた。ごつごつした石も多く、足は傷《きず》だらけになったし、地面が盛りあがっているところでは、つまずいた。

そのあいだにもソラは、トロルのゆっくりとした大きな手振《てぶ》りに合わせて一歩一歩進んでいった。やがて山につき、トロルのいる岩へのぼっていくと、トロルといっしょに消えてしまった。もうふたりの妹にできることはなにもなかった。

翌日《よくじつ》、コケを摘《つ》みにきていた人たちは総出で山をくまなく歩き、ソラを探した。だが、見つけられなかった。ウンとゲルダは毎晩《まいばん》、どちらかが火のそばに座って起きていた。姉がもどってくるかもしれないと思ったのだが、もどってはこなかった。山をおりる時期になっても、そろそろあの娘《むすめ》がもどってくるのではないかと何人かが残った。いつ待つのをあきらめるかは、なかなか決められなかった。いつも、もう一日留《とど》まったほうがいいように思えるのだった。しかし秋も深まり、ウンとゲルダもとうとう山をおりなければならなくなった。

ふたりは姉のソラがいなくてさびしかったから、姉のことをよく話した。いつか戸口からひょっこり入ってくるのではないかとか、来年コケ摘みにいったら姿を現わすのではないかとか話しあった。だがふたりとも、心のなかではソラは死んだと思っていた。トロルに食われてしまっただろうと。たとえそうでなくても……荒《あ》れ果てた山のなかでトロルといっしょになにを食べて生きているのか？　トロルの食べ物を口にした者はトロルになってしまうのだ。

次の年、またコケを摘む時期になると、ウンとゲルダはまえの年と同じ草地にいき、同じ場所にテントを張るようにした。するとある日のこと、ふたりがかがみこんでコケを摘んでいたときだった。ウンが腰《こし》を伸ばすと、前方に姉のソラが立っているのが見えた。ゲルダもウンに肩《かた》をつつかれて体を起こし、ソラを見た。

ソラは足音を立てずに近づいてきて、ウンとゲルダから少し離《はな》れたところに立ち、黙《だま》ってふたりを見ていたのだ。それが姉だとふたりにはわかったが、見た目は変わっていた。寒さや風雨にやられたのだろう。肌《はだ》は荒《あ》れ、黒ずんでいる。長い髪《かみ》は白っぽくなってもつれていたし、顔は大きくなり、ぼおっとしていた。

「姉さん!」と妹たちはさけんで、かけだした。が、すぐに足をとめた。姉が自分たちを覚えている素振《そぶ》りも、再会を喜んでいるようすも見せなかったからだ。姉はその場に突《つ》っ立って、妹たちをじろじろ見ていた。そんな姉のソラが、ふたりには恐《おそ》ろしかった。

「姉さん……姉さん、あたしたちのこと、わかる?」ゲルダが話しかけた。

ソラはなにもいわずに妹たちを見つめるばかりだったが、しばらくしてやっと、絞《しぼ》りだしたような声でいった。

「ゲ・ル・ダ」

「い、いま、どこで暮《く》らしてるの?」こんどはウンがきいた。

「あたしは……」とソラはゆっくりといって、両手を妹たちのほうへさしだした。それから顔になんともさびしそうな表情を浮《う》かべて、いった。「もう……だめ」

ソラにイエスさまとマリアさまのことを考えてもらえれば、トロルから救いだせるかもしれない。そう考えたウンは姉にきいた。

「姉さん、信じてるものあるでしょ、なに?」

三人はまたもやなにもいわずに草地に長いあいだ立っていたが、ソラがようやく口を開いた。

「あ、あたしが信じ、信じているのは……イ、イ、イエスさま……とせ、聖人《せいじん》たち」

「いっしょに帰ろうよ!」ゲルダがいった。

ウンとゲルダはソラの手を取ろうと足を踏《ふ》みだした。しかし、ソラはふたりに背《せ》を向け、大またでさっさと山へ入っていってしまった。ウンとゲルダはソラをつかまえることができなかった。

ソラはほかの日にも何度か現われ、コケを摘《つ》んでいる人たちを黙《だま》って見ていた。だが、だれかが近づこうとすると、急いで立ちさるのだった。いつもウンとゲルダから少し離《はな》れたところで、いっしょに帰ろうとふたりが頼《たの》むのをきいていたが、妹たちでさえ寄せつけようとはしなかった。そして、ウンとゲルダが山をおりて家へ帰っても、ソラはトロルたちと山に残った。

それからまた一年がたった。ソラはコケ摘みの最初の日に現われ、ふたりの妹の目の前に立った。ふたりは話しかけるのが怖《こわ》くて、黙っていた。ソラの肩《かた》はトロルの肩のように厚く盛りあがり、髪《かみ》の毛はごわごわで白いロープがもつれてからまっているようだった。顔はますます大きくなってのっぺりし、目を見なければソラとはわからなかった。

「名前は?」

ゲルダが勇気をふるって口を切り、ふたりはその日は一日じゅう姉にあれこれたずねつづけた。だが、答えは一度も返ってこなかった。

その後、姉がまた現われたときに、妹たちは住んでいる場所をきいた。しかしソラは、醜《みにく》くて恐《おそ》ろしいトロルのような顔で妹たちを黙って見つめるだけで、ふたりが姉を思って涙《なみだ》を流しても、なにも答えようとはしなかった。

ソラが三度目に現われたとき、ウンとゲルダはなんの期待もせずにたずねてみた。

「なにを信じてるの？」

「イエスさま！」

ソラはいきなりこういうと、くるっと向きを変え、トロルのように大またで山へもどっていった。

「もし、姉さんがあたしたちと暮《く》らしてたことをまだ少しでも覚えてたら、もしかしたらもどってくるかもしれないわね」ウンがいった。

しかしその年はもう、ソラはウンとゲルダの前に姿を見せなかった。イエス・キリストを覚えていたことに動揺《どうよう》したかのようだった。

ソラがいなくなって三年目の夏も、ウンとゲルダは山へいった。しかし、ソラは最初の日には現われなかった。二日目にもこなかったから、ふたりは姉にはもう会えないものとあきらめていた。

　ところが山をおりるまさにその日、ソラは現われた。妹たちの前に立ち、ふたりをじっと見た。だがふたりは、どうしても姉を見つめかえすことができなかった。姉はトロルそのものになっていたからだ。

　ソラは、妹たちが名前と住んでいるところをたずねてもなにもいわずに顔をしかめ、ぼんやりとした目でふたりをじろじろ見ているだけだった。

「な、なにを信じているの？」ふたりはおそるおそるきいた。

　姉がふいと顔つきを変えた。まるで言葉がわかったかのようだった。

「ねえ、なにを信じてるの、なにを？」ゲルダが泣き声でいった。

　トロルになった姉はあんぐりと口をあけ、そのあと、なにか答えそうになった。

「信じているのは、なんなの？」ウンがさけんだ。

　すると、そのトロルはいった。

「トルント、トルント、山のトロルたち」

それからソラは、ウンとゲルダに背《せ》を向けて姿を消した。それ以来、ソラを見た人はいない――たとえ見かけていても、ほかのトロルと見分けがつかなかっただろう。ソラが最後に口にした言葉の意味はいまもだれにもわからないし、それを調べようとする人もいない。

（註）トロル――北欧の昔話に出てくる魔物。巨人や小人がいる。橋の下や山奥やほら穴に住み、人間や動物を襲う。知恵は乏しいため、襲われたものが頭を働かせれば逃げおおせる。「トロール」と呼ばれることもある。

15 消えたワーニャ

――これはほんとうの話かもしれませんし、そうでないかもしれません。
でも、わたしに話してくれた人は、ほんとうだといっていました。

むかし、ワーニャとミーシャというふたりの男の子がいた。ふたりはいとこどうしでいっしょに育ち、兄弟以上に仲がよかった。人びとはワーニャを見かけると、ミーシャはどこかとあたりを見回した。ミーシャに出会ったときには、近くにワーニャがいるはずだと思い、ワーニャにも声をかけた。

ふたりには大好きな遊びがあった。それは〈ほら吹《ふ》きごっこ〉だった。夜は眠《ねむ》るまえにベッドのなかで、昼は野原に寝《ね》ころんで、大人になったらしたいことのほらを吹きあって遊んだ。食卓《しょくたく》について食事をしていなければいけないときにも、こっそりささやきあっていた。

「おれは家を建てて、牛を飼《か》うんだ。村の名士にもなるぞ」とミーシャがいった。

「おれはミーシャより大きい家を建てる。牛だっておれのほうがたくさん飼ってやる。それから、馬も飼って増《ふ》やすんだ」ワーニャも負けずにいった。

それからふたりは、くすくす笑いながら小突《こづ》きあうと、たがいに相手を負かそうと、またあれこれと考えた。

「おれは、遠くへいく——アフリカ、イギリス、スペインへだっていくぞ！」とミーシャがいった。「だれも見たことがないようなものを山ほど持って帰ってくる。そしてほしい人みんなに売り、金持ちになって、大きな屋敷《やしき》を建ててやる！」

「それなら、おれのほうがもっと遠くへいって、もっとたくさんのものを集めてきて、大金持ちになってやる。大きな屋敷だってふたつだ！」とワーニャがいった。

ふたりは大きくなってからも仲がよく、あいかわらず子どものころのように〈ほら吹きごっこ〉をしていた。

「おれは世界一の美女と結婚《けっこん》するぞ。世の中の男という男がみんな卒倒《そっとう》するくらいの美人とだ。その娘《こ》と結婚して、五十人の子どもに囲まれて、この世でいちばん幸せな家庭をつくる!」とミーシャがいった。

「おれはミーシャの選ぶ娘《こ》より倍もきれいな娘《こ》と結婚する! 子どもは百五十人! ぜったいに幸せになる。それだけ家族がいれば、さびしくなんてないもんな」

しかしミーシャは、十九歳《さい》を目前《もくぜん》にして肺結核《はいけっかく》で死んだ。棺《ひつぎ》に納《おさ》めるとき、土のなかの寒さをしのぐ役に立てばと、ワーニャは遺体《いたい》の横にウォツカをひと瓶《びん》いれた。棺は教会墓地《ぼち》のシラカバの木陰《こかげ》に埋葬《まいそう》された。人びとはそれからも長いあいだ、ワーニャを見ると、ミーシャにも会えるような気がした。ミーシャがそばにいないことにワーニャが慣れるまでには、もっと時間がかかった。

それでも時はたち、ワーニャは一人前になった。二十二歳のとき、エレナという娘《むすめ》に結婚を申し込《こ》み、承諾《しょうだく》を得た。エレナは人びとを卒倒させるほどの美人ではなかったが、とてもかわいかった。ワーニャは、むかし〈ほら吹《ふ》きごっこ〉でいっていたことが実現したかのように幸せだった。

結婚式の日、教会に向かう一行は花で飾《かざ》られた馬車に乗りこんだ。だれもが幸せでいっぱいだった。ところが、馬車が教会墓地にさしかかったとき、ミーシャの墓《はか》の横にあるシラカバの木がワーニャの目にとまった。

ワーニャはミーシャとほらを吹きあって遊んだことを思いだした。あのときのほらのいくつかがほんとうのことになり、いまここに結婚式を迎《むか》えられるのだ。それにひきかえミーシャは、かわいそうに、自分のようなことはなにひとつできずに、冷たくなって何年も埋《う》まったままだ。幼いころいつも、ワーニャはいつかミーシャを負かしてやろうと思っていたが、そんなことがほんとうにできるとは思ってもいなかった。ミーシャは死に、自分は生きているのだから、詫《わ》びなければならないような気がした。ワーニャは、馬車をとめてもらうと、ひとりで墓地へ入っていった。

エレナや両家の家族、招待客《しょうたいきゃく》たちがみな通りからワーニャを見ていて、急げと呼びかけたが、ワーニャは手を振《ふ》って、いった。

「少しだけ時間をください。ほんの少しだけ……」

ワーニャはミーシャの墓《はか》の前に立つと、涙《なみだ》がこみあげてくるのを感じながら、ばかげているとは思いつつもつぶやいた。

「ミーシャ……きこえるかい？　おれだ。ワーニャだ。忘れてないよな？　今日《きょう》はおれの結婚式《けっこんしき》だ！　だから、報告にきた。ミーシャ……平安を祈《いの》っている……きみがいまどこにいようとも」

そのとき、ワーニャの足もとの地面が揺《ゆ》れ、墓が開いた。棺《ひつぎ》のなかには、ミーシャが埋葬《まいそう》されたときの姿のまま横たわっていた。ただ顔の青白さは増《ま》し、体は小さくなっていた。ミーシャはワーニャのほうへ腕《うで》を伸《の》ばした。その手にはウォッカの瓶《びん》が握《にぎ》られていた。

「ワーニャ、感謝するぜ。おれが死んでからずいぶんたつのに覚えていてくれたのか。それも結婚式の日だというのに！　ワーニャ、ワニューシュカ、おれは泣けるものなら泣きたいよ。これは、おまえがくれたウォツカだ。とてもうれしかった！　ワーニャ、おれのワーニャ、こっちへきて、おまえの結婚祝いにウォツカを一杯《いっぱい》いっしょに飲んでくれ」

「ミ、ミーシャ、きみは……し、死んでるんだぞ！」

「それがどうした？　死んでるから、怖《こわ》いのか？　なあ、ワニューシュカ、おれがおまえを怖がらせたことがあったか？」

ミーシャはワーニャの手を取ろうと、青白い骨ばった手をさしだした。

「むかしのよしみだ。おれの頼《たの》みをきいてくれ。おまえの結婚式の日にはおまえのために乾杯《かんぱい》しようとずっと考えていたんだ。ワニューシュカ、ほんのちょっと、一杯飲んで、二言三言しゃべれるくらいのあいだでいいんだ」

ワーニャには、断《ことわ》りようがなかった。

「……それなら、少しだけ……」

ワーニャはそういうと、ミーシャの手を取った。

ミーシャは死人の冷たい手で、ワーニャの手をしっかりつかんだ。そして、ぐいと引っ張ると、まるで玄関《げんかん》から家のなかへいれるかのようにワーニャを墓《はか》のなかへ引きずりこんだ。そうしながら、自分は棺《ひつぎ》のすみのほうへ寄った。

通りから見ていた結婚式《けっこんしき》の一行は、ワーニャが地面の下に消えるのを見て、大声をあげた。

墓が閉じると、ワーニャにはなにも見えなくなった。するとそのとき、ミーシャの頭に人魂《ひとだま》のような青白い光がともった。

「棺にウォッカの瓶《びん》をいれたけど、まさかいっしょに飲もうとは思わなかったな」

ワーニャがいった。

墓のなかは狭《せま》く、ふたりが入るといっぱいだった。土の冷たい湿気《しっけ》がワーニャの服を通してしみこんできたし、紫色《むらさきいろ》の虫が青白い光のあたる壁《かべ》からくねくねはいだしてきた。

「晴れの日のおまえと奥《おく》さんに乾杯《かんぱい》！　末永く幸せに暮《く》らせるように。そして、家がいっぱいになるくらいたくさんの子どもに恵《めぐ》まれるように！」

ミーシャは瓶に口をつけてウォツカを飲み、ワーニャにわたした。

ワーニャは瓶の口をぬぐいたかったが、ミーシャの気持ちを傷《きず》つけたくなかった。

「乾杯！」ワーニャは勇気をふるって飲み、瓶をミーシャに返した。

「奥さんって、だれなんだ？　おれが知ってる娘《こ》か？」

ミーシャの声は湿《しめ》った土の壁に吸いこまれ、まるでネズミが巣のなかでささやいているようだった。

「ああ。エレナ・グレゴローブナさ。なあ、ミーシャ、もうそろそろ……」

「ええっ！　あの娘《こ》か。かわいい娘《こ》だったたな。いずれ美人になるって、おれにもわかってた。ワニューシュカ、おめでとう。エレナ・グレゴローブナに乾杯！　あの娘《こ》が元気で長生きできるように。そして毎年、子どもを授《さず》かるように願って乾杯！」

ミーシャはウォツカを飲み、瓶をまたワーニャにわたした。

「喜んで飲ませてもらうよ。けど、飲んだら、いかなきゃ。みんなが待っている。ちょっとだけといった……」

「いいから飲め。飲め！」

「わ、わかったよ。けど……墓《はか》をあけて、おれをいかせてくれるよな？」

「ワーニャ！　このおれがおまえをここに引きとめておくと思ってんのか？　おれたち親友だろ」

「いや、もちろんそんなこと、するわけない！」

ワーニャは声をあげて笑うと、エレナのためにもう一杯《いっぱい》飲んだ。

「ミーシャ、これはきみのウォツカだ。おれがくるまで持っててくれて、うれしかったよ。こんどはきみが墓をあけて……」

「もう一杯飲め」

「だめだ、ミーシャ……いまこの墓のなかに座って、おれがどんなに困っているかわかってくれよ。頼《たの》むよ、ミーシャ。むかしとはちがうんだ。気が変わって、おれが逃《に》げたと、エレナは思ってるだろう。おれだって、ここにいて話していたいさ。けど、ほんとうにもういかなくちゃ……」

「それじゃ、おれのために、もう一杯だけだ。結婚式《けっこんしき》の日に、おれのためにほんの少し時間をさけよ。そして乾杯《かんぱい》してってくれ」

ワーニャは瓶《びん》を手に取った。

「死んでもまだ親友のミーシャに乾杯！　墓のなかで静かに眠《ねむ》れますように……。これでいいかい？」

「上出来だ、ワニューシュカ。ありがとよ。いい気分だ」

ミーシャは、ワーニャが自分のためにウォツカを飲んでいるのをうれしそうに眺《なが》めていた。そのあと瓶を取りかえし、自分も飲んだ。

「さあ、おまえはいかないとな。ワーニャ、お別れだ。もう会うことはないだろう」

ミーシャに悲しそうにそういわれて、ワーニャは目頭《めがしら》が熱くなった。

「天国で会えるよ、きっと」

「それはないな」ミーシャはいっそう悲しそうにいうと、土のにおいをぷんぷんさせながら、身を乗りだしてワーニャに抱《だ》きつき、冷たいくちびるで頬《ほお》にキスをした。

「さあ、いけ。じゃあな」

ミーシャのいい方があまりにもさびしげだったので、ワーニャは声をあげて泣きだしそうになった。

日光がさしこんできた。墓《はか》が開いたのだ。親友のことを思うとつらかったが、さわやかな空気のなかに出られることにほっとしながら、ワーニャは墓からはいでると、「じゃあな」とミーシャに声をかけた。そのときにはもう、墓はまた閉まっていた。まるでなにごともなかったかのようだった。

ワーニャは地面に立って伸《の》びをすると、結婚式《けっこんしき》の一行が待っているほうを見た。しかし、通りには人影《ひとかげ》ひとつなかった。人も、馬車も、馬もいなかった。

思っていたよりも長く墓のなかにいたにちがいない。みんなは式場へ先にいってしまったのだろう。ワーニャはそう考えて、墓地《ぼち》から教会まで走った。しかし、教会もがらんとしていた。あたりにもだれもいなかった。

みんな、おれが逃《に》げたと思っているんだ。エレナは怒《おこ》ってるだろうなと、ワーニャはらろたえた。そしてこんどは、教会から村まで走った。少なくとも走ったことで、体は少しあたたまった。墓で冷えきってしまい、太陽の熱を感じられなかったのだ。

「結婚式の一行がこっちへきませんでしたか？」ワーニャは畑にいた男に大きな声でたずねた。

「結婚式の一行？　あんたはだれだね？」

「あなたこそ、どなたですか？」

ワーニャはその男を見たことがなかった。ふたりは突《つ》っ立ったまま、たがいにじろじろ眺《なが》めていた。

「一年のこんな時期に結婚するやつなんているもんか」

「いまは夏じゃないですか！」ワーニャは大声をあげた。夏の終わりのこの時期は、作物の刈《か》り入れがすんで、結婚式と祝宴《しゅくえん》にはもってこいなのだ。

「夏だと！」

男がびっくりしたような声を出したので、ワーニャはあたりを見回した。どうしていままで気づかなかったのだろう？　夏ではなかった。畑には作物がなにもなく、土も耕《たがや》されていない。見上げると、空は灰色だ。マツの木だけが葉をつけている。墓《はか》で感じた冷気は墓を出たあともワーニャにまとわりついていた。

「ミーシャ、なにをしてくれたんだ？」

ワーニャは踏《ふ》みかためられた道を村まで歩いた。しかし、そこはもうワーニャが知っている村ではなかった。知っている人はだれもいなかった。その日の朝通ったとき新しかった家は古くなり、見たことのない家がたくさんあった。ワーニャが家いえの戸をたたくと、出てきた人たちはワーニャをまるでよそ者のように見た。ワーニャがエレナ・グレゴローブナがいないかたずねると、人びとはエレナの家に連れていってくれた。しかし、出てきたのは中年の女で、ワーニャが探しているエレナではなかった。

「ミーシャ、ミーシャ、どうしてこんなことをしたんだ!?」

ワーニャがなにをいっているのか、だれにもわからなかった。しかし、ワーニャがその説明をはじめると、みんなは怖《こわ》がり、離《はな》れていった。

「あの人よ。消えたワーニャよ！」と、さっきの中年のエレナがさけんだ。そして、ワーニャのほうに身を乗りだして話しはじめた。

「わたしのひいおばあさんもエレナ・グレゴローブナという名前だった。若いとき、ワーニャという人と結婚《けっこん》するはずだったの。だけどワーニャは、教会の墓地《ぼち》までくると馬車をおりて、死んだ友だちの墓へいった……その人はみんなの目の前で姿を消して、二度ともどってこなかったそうよ。あなたがその人じゃないの？　消えたワーニャではないの？」

しかし、ワーニャはそれには答えなかった。

「ミーシャ、なぜおれにこんなことをしたんだ」といいながら女に背《せ》を向けると、その場を離れた。

人びとはそのあとを追い、ワーニャが村を出て教会へ向かうのを見ていた。家もなく、墓もない、なんとかわいそうな人だろうと思いながら。

ワーニャは教会の墓地《ぼち》に入ると、シラカバの老木へと向かった。その木の下には見捨てられた墓《はか》があった。あまりにも古く、それがだれの墓か覚えている人も、気にとめる人もいなかった。

「ミーシャ……?」

ワーニャの足が墓に触《ふ》れた。たちまち、ワーニャはくずおれて、消えてしまった。

一瞬《いっしゅん》のことだった。

16　幽霊《ゆうれい》の出る宿

――これはほんとうにあった話ですから、だれもがあちこちの酒場《パブ》で耳にするようです。わたしがきいたのは〈もがく男亭《てい》〉というパブでした。


ある晩《ばん》のこと、ひとりのセールスマンが宿屋を兼《か》ねたそのパブにやってきた。

「今晩泊《と》まりたいんだが、空《あ》き部屋《べや》はあるかな?」セールスマンはきいた。

パブの亭主《ていしゅ》がこたえる間もなく、常連客《じょうれんきゃく》のひとりが身を乗りだしていった。

「あの幽霊の出る部屋に泊めてやったらどうだ?」

セールスマンはその日は一日じゅう仕事でとびまわっていたので、一刻《いっこく》もはやく寝《ね》たかった。

「ここにも幽霊《ゆうれい》の出る部屋《へや》があるのかい？」

「なぜそんなことをおききになるんですか？」亭主《ていしゅ》はいった。

「ぼくが泊《と》まった宿にはみんな、幽霊の出る部屋があったんだ。ビール会社の新しい宣伝《せんでん》か？　いいかげんにやめてほしいよ。幽霊の話は、もううんざりだ」

亭主は気を悪くした。

「お言葉ですが、うちには幽霊の出る部屋がほんとうにあるんです」

「どんな幽霊なんだい？　灰色《はいいろ》の女かい？　緑色の女か？　それとも黄色と紫《むらさき》にオレンジ色の水玉模様《もよう》のついてる女だとでもいうのか？　どこの宿でも、幽霊は色のついた女だといってたぞ」

「一度も見たことがないので、どんな幽霊か知りませんが」亭主がいった。「それに見たくもありませんよ。あの部屋に泊まったかたはみんな、次の朝には気がふれたように大声でわめきちらしていたそうですから。そんなわけで、あそこにはだれも泊めないようにしています」

「いったいだれにそんな話をきいたんだい？」

「それは……わたしのまえにここの亭主だった男にです」

「その人は見たのかい？」

「さあ、どうですか……」

「見たことなんか、あるわけないだろ」

「とにかく、あんな部屋に寝《ね》るなんて、おれならまっぴらだ」例の常連客《じょうれんきゃく》がいった。

「おれは平気だよ。どうだい、賭《か》けないか？」セールスマンはいった。

「おやめください。わたしはあの部屋にはだれも泊めたことがありませんし、これからも泊めませんから」亭主がいった。

ところが、常連客がセールスマンにいった。

「おたくは明日《あす》の晩《ばん》もまだここにいるのかい？　今夜あの部屋で眠《ねむ》ったら、ウィスキーのダブルをおごるよ。部屋は外から鍵《かぎ》をかけるがね」

「鍵をかけるまえに部屋をすみずみまで調べさせてくれるんなら、賭けてもいいね。

だが、おれは見かけほど弱虫のとんまじゃないぞ。うめき声を録音したテープを洋服だんすにかくしてだまそうったって、そうはいかないからな」

「幽霊《ゆうれい》の出るあの部屋《へや》に閉じこめられたら、そんなたわごとはいっていられないぞ」

常連客《じょうれんきゃく》がいいかえした。

「申しわけありませんが、あの部屋には断《だん》じてどなたもお泊《と》めしません。今夜もほかの日も」亭主《ていしゅ》はきっぱりといった。

みんなは文句《もんく》をいった。常連客たちはこの賭《か》けをおもしろがっていたし、セールスマンをやりこめたいと思っていた。そしてセールスマンは幽霊なんかいないことを証明して、みんなをあっといわせてやりたかった。みんなが、セールスマンを幽霊の出る部屋に泊めるようにと亭主に迫《せま》った。

亭主はついに折れた。なにはともあれ、幽霊と寝《ね》たいというのなら、それはセールスマンの勝手だ。それにいまどき、幽霊のことなど心配するのは、そもそもばかげているのかもしれない。

亭主は、幽霊の出る部屋の鍵《かぎ》を探すと、みんなを二階に案内した。荷物を持ったセールスマンはもちろんのこと、酒を飲んでいたたくさんの客もついていったので、押《お》し合いへしあいの大騒《おおさわ》ぎになった。

幽霊の出るという部屋は二階の奥《おく》の、長くて薄暗《うすぐら》い廊下《ろうか》の突《つ》き当たりにあって、ほこりやペンキのにおいがした。その部屋につくころにはパブからの音はきこえなくなり、みんなも静かになった。亭主がドアの鍵をあけ、セールスマンはなかに入った。

「うわあ、天蓋付《てんがいつ》きのベッドじゃないか！」セールスマンは大声をあげ、思わず荷物を投げだした。

「お気に召《め》しましたか？　なにしろ百年もまえのものでして」

亭主はベッドまでいくと、天蓋からさがっているカーテンを引いた。

「幽霊の出る部屋に天蓋付きのベッドか！　わざとらしいな。この部屋を思い切り気味悪く見せようって魂胆《こんたん》なんだろ！」セールスマンはいった。

「このベッドではずいぶんたくさんの人間が死んだんだろうな」常連客がいった。

「まあ、安らかに眠《ねむ》りたまえ！」

みんながどっと笑った。

「部屋《へや》のなかを調べるあいだ、みんな廊下《ろうか》に出ていてくれ」セールスマンはみんなを部屋から出すと、続けていった。「幽霊《ゆうれい》がいるというんなら、探して見せるぞ！」

常連客《じょうれんきゃく》たちと亭主《ていしゅ》は階段の踊《おど》り場に立って、セールスマンがその部屋で幽霊がかくれていそうな場所をくまなく調べるのを見ていた。

セールスマンはベッドのなかも下も見たし、暖炉《だんろ》のなかまでのぞいてみた。戸棚《とだな》も戸棚のひきだしもあけてみた。窓《まど》のカーテンの後ろやドアのまわりも調べた。なにも見つからなかった。

「さあ、いいぞ。賭《か》けはいただきだ。おれをここに閉じこめな。明日《あす》の晩《ばん》、会おう。ウィスキーのダブルを楽しみにしているぞ」

「いまならまだやめられますよ」亭主がいった。

「さあ、出てってくれ！」セールスマンがいった。

亭主は部屋の外から鍵《かぎ》をかけ、鍵を持ってその場を離《はな》れた。亭主と常連客たちは笑いながら飲み直しにもどっていった。みんながいってしまうと、あたりは物音ひとつしなくなった。

セールスマンは幽霊などまったく信じていない男だった。部屋に入ると、服をぬいでハンガーにかけ、ていねいにブラシをかけた。かつらもとって、ベッドのわきのテーブルにのせた。それからパジャマに着替《きが》え、明かりを消して手探りで天蓋《てんがい》付きのベッドに入ろうとした。

ふんわりとしたカーテンがセールスマンの頰《ほお》をなでた。ベッドにひざをつくと、古いベッドはギーギーときしんだ。そして、ベッド・カバーをめくると、清潔《せいけつ》なシーツと暖《あたた》かそうな毛布の心地良い香《かお》りが立ちのぼってきた。セールスマンはベッドに横になって毛布にくるまり、眠ろうとした。

そのときだった。耳もとでささやく声がした。

「うれしいじゃないか。今夜はおまえとふたりきりだ。たっぷり楽しもうぜ」

朝になった。なんとセールスマンのかつらまで真っ白になっていた。

ところで、この話をきいたあの酒場《パブ》は、どうして〈もがく男亭《てい》〉と呼ばれていたのかしら?

17 適任者《てきにんしゃ》

——これはほんとうにあった話にちがいないと、わたしは思っています。

ある朝のこと、首相は散歩中《さんぽちゅう》に、魔王《まおう》と出会った。魔王は礼儀《れいぎ》正しく帽子《ぼうし》をとると、尾《お》を腕《うで》の上まで振《ふ》りあげて、大声でいった。

「おはよう!」

これには、首相は仰天《ぎょうてん》した。

「地獄《じごく》の役職に空席がある」

魔王は首相をじろじろ眺《なが》めていたが、しばらくして話を続けた。

「重要な仕事でな。悪童《あくどう》や性悪女《しょうわるおんな》たちに罰《ばつ》を与えられるやりがいのあるものだ。この職をあけておくのはもったいない。そこでわしは、適任者を探そうと地上にやってきたのだ」

そのとき、通りかかっていた家の戸があき、ひとりの男があたふたと出てきた。男の妻《つま》が追いかけてきて、さけんだ。

「とっとと、消えちまえ！　もうたくさんだ。あんたとなんかいっしょにならなきゃよかった！」

首相は男を指さした。

「なかなかよさそうじゃないか。あいつを連れていったらどうだね、魔王殿《まおうどの》」

「まったく問題にならん。やつはこれまでになにをした？　それに、あやつが地獄《じごく》にいくことをだれが望んでおる？　地獄にいってほしいとだれかに思われている者にしか、わしは手を出さぬ」

幼い男の子が、怒《おこ》っている母親を押《お》しのけて、家からかけだしてきた。

「この悪がきめ！　おまえって子は、なんて手がかかるんだ！」母親がどなった。

「待ちなさい。なにか着なきゃだめでしょ！　ああ、魔王がおまえを連れてってくれたらいいのに」

「ほら、魔王殿」首相は手助けするつもりでいった。「あの子はあんなに悪い子で、母親でさえ、地獄へいけばいいと思っている。あの子を連れていったらいい。あの子なら、役目を果たしてくれるぞ！」

しかし、魔王はにやりと笑って首を横に振《ふ》っただけだった。

「とんでもない。あの女は口ではあんなことをいっているが、ほんとうはな、あの子を連れていったりしたら、地獄へきてわしと戦い、あの子を取りもどしていく。だめだ、だめだ。わしに連れていってほしいなら、口先だけではなく、心の底から望まなければだめなのだ」

首相と魔王が話していると、その家からこんどは犬がとびだしてきて、男の子の母親にぶつかった。母親はころびそうになり、大声をあげた。

「くそっ、なんて犬だ！　地獄に落ちりゃいい。魔王に連れてってもらいな！　もう見たくもない！」

「あれだ！」首相はいった。「あの犬を連れていけ、魔王殿《まおうどの》。とにかく、この家では、あの犬はもういらないだろう。急げ！　いっちまうぞ」

魔王は声をあげて笑った。

「わしから逃《に》げられるものはなにもない。しかし、あの犬はわしのもとにくるようなことはなにもしておらん。あの女があの子についていったことも、あの犬についていったことも本心から出た言葉ではない。ただ悪態《あくたい》をついているだけだ」

そのとき、その女は首相に気づいて、大声をあげた。

「あっ！　首相だ！　そうだよ、あんたこそ地獄《じごく》に落ちりゃいいんだ。この疫病神《やくびょうがみ》め、魔王に連れてってもらえ！　報《むく》いを受けろ！　みんなを苦しめてきたんだ。自分も苦しめばいい！」

そのとき首相は、魔王の鉤爪《かぎづめ》が肌《はだ》にあたるのを感じた。

「ああ、あれは本心だ。心の底から出た言葉だ！」魔王はいった。「心で、血で、骨という骨で、あの女はおまえがわしの世界にくることを望んでおる！」

こうして、首相は替《か》わり、補欠選挙《ほけつせんきょ》も必要になったのだった。

18 角笛《つのぶえ》

――わたしは学校訪問《ほうもん》である学校へいったとき、ひとりの少年に会いました。これからお話しするのは、ジェイスンというその少年にきいたものです。

町に住んでいるジェイスンは、友だち数人と田舎《いなか》にいるいとこのセーラを訪ねた。すばらしい一日になるはずだったが、友だちのひとりがミルフィールドという年上の少年を連れてきたせいで、なにもかもが台なしになってしまった。

ミルフィールドはうぬぼれの強い目立ちたがり屋で、行きのバスのなかではずっと、自分がしたたくさんのけんかの話や、ビールをどれほど飲めるかなどの大ぼらをまくしたてていた。それに、額《ひたい》にはかぎ十字の入れ墨《ずみ》をしていた。こいつは正真正銘《しょうしんしょうめい》のバカだ、とジェイスンは思った。

セーラが、バス停《てい》でみんなを待っていた。セーラはミルフィールドがいっしょなのを見ていやな顔をした。なにしろミルフィールドは、だれもがひと目で嫌《きら》いになってしまうような少年だったからだ。しかしセーラは、ジェイスンの友だちだと思って、なにもいわなかった。

ジェイスンとセーラはみんなをあちこちに案内し、川や木登りできそうな木のある林、砂岩《さがん》の崖《がけ》やほら穴《あな》、それに森など見る予定だったものをぜんぶ見せた。ミルフィールドは「ここらじゃ、こんなものが最高なのか？　酒場《パブ》とか、なんかもっと気がきいたものはないのかよ？」などといいながら、みんなのあとをぶらぶら歩いていた。ジェイスンは「帰れ」といいたかったが、ミルフィールドが口先だけではなく、ほんとうに強かったらまずいと思って黙《だま》っていた。

ジェイスンの友だちのエイドリアンは、動植物や鉱物《こうぶつ》、地質など自然にとても興味があり、セーラと気が合った。

セーラは、みんなで森に入ると、エイドリアンに話しはじめた。

「このあたりにはむかし、イングランド中部から北東部のヨークシャーまで広がる大きな森があったの。もうこの森だけになってしまったけど。わたしたちがいま立っているここにも、むかしはオオカミやシカやクマがいたのよ」

セーラとエイドリアンはすっかり興《きょう》に乗り、オオカミやクマの話を続けた。だから、ミルフィールドがふたりのそばへいって、文句《もんく》をいったのも不思議《ふしぎ》ではなかった。

「ここからヨークシャーまで森が広がってたなんて、そんなわけないだろ。それに、イングランドにクマはいないんだぞ。おまえら、バカか」

「クマはいたのよ、むかしは」セーラがいった。

「へぇーっ、だからって、どうなんだよ？ そんなこと、どうだっていいだろ？ とにかくさあ、こんな木なんかみんな、つまんねえよ。ぜんぶ切りたおして、酒が飲めるところでもつくるべきだな」

セーラはミルフィールドに背《せ》を向けると、エイドリアンに鳥の雛《ひな》を見たいかどうかたずねた。そして、見たいといわれると、ふたりで歩きだし、ジェイスンたちもついていった。ミルフィールドもみんなのあとに続き、近くにいる動物を脅《おど》して追いはらおうとわざと大きな音をたてながら歩きはじめた。ジェイスンが振《ふ》りむいて見ると、ミルフィールドは木から枝を引きちぎったり、若木を折ったり、ただわけもなく木を傷《いた》めつけたりしていた。

「そんなこと、やめろよ」ジェイスンはいった。

「おれに命令する気か?」ミルフィールドが案《あん》の定《じょう》いいかえした。

「木を傷めたら、だめなんだよ。木だって生きてるんだから」ジェイスンが重ねていった。

「こいつらもおまえみたいに生きてるってのか?　そんなこといったって、おれはやりたければ、やる。とめようったって、無理、無理」

これでもう、ジェイスンはミルフィールドを無視することにした。いいかえせば、ますますつけあがるだけだったからだ。

セーラがみんなを連れていったあたりは、森のかなり深いところだった。二、三メートル進むたびに鳥がいっせいに飛びたち、周囲はその鳴き声に包まれたが、すぐにしいんと静まりかえった。そしてその静けさは、まるで鳥の羽音《はおと》がこだまとなって広がるかのように、木々のあいだを遠くまで広がっていった。

「あの鳥はモリバトよ。長いあいだ人の姿を見ていなかったから、あんなふうに騒《さわ》いでるの。ああやって飛びたって、森の動物たちにじっと動かずに静かにしているように警告《けいこく》したのよ」セーラがみんなにいった。

「きっとむかしの森はこうだったんだよ。すごいよな」エイドリアンがいった。

身につけている衣服をのぞいては、いまが二十世紀だとわかるものはなにもなく、あたりは物音ひとつしなかった。森はいま、クマのいるローマ時代かもしれないし、オオカミのいる中世かもしれない——みんなで知らぬ間に時をさかのぼってしまったのかもしれない。少し怖《こわ》かったが、ほんとうにすばらしかった。いつなんどきクマが木々のあいだから出てくるかもしれないと、みんなが思っていた。ところが出てきたのはクマではなかった。

「どれもこれもくだらねえな」

ミルフィールドがそういいながら、ドスンドスンと歩いてきたのだ。周囲にクマがいたら、怖がって逃《に》げてしまっただろう。

「くだらないのはおまえだろ」ジェイスンがいった。

「おまえなんか、ひとひねりだ。やるか？　殺《ころ》してやるぞ」

ミルフィールドは、話をするといつもこんな調子だった。どうしようもなくうんざりする少年だったのだ。

「ちょっと、静かにして」

セーラの声に、ミルフィールドはしたがった。雛《ひな》のいるところへきていた。みんなで遠くから代わるがわる巣をのぞくと、小さくてぶかっこうな雛たちがいっせいに口をあけていた。雛に近づきすぎたり、触《さわ》ったりしないように気をつけた。そんなことをすれば、親鳥が雛にえさを与えにもどってこなくなるとエイドリアンがいったし、セーラもそのとおりだといったからだ。

そのあと、ひとりがリスを見つけ、みんながそちらを向いた。そして、向きなおると、巣のそばにミルフィールドが立っていた。巣から雛《ひな》たちを残らず取りだして首の骨を折り、地面に落としたところだった。ミルフィールドは、誇《ほこ》らしさと照れくささが入りまじったような顔でみんなを見て、にやにや笑っていた。

ジェイスンたちは突《つ》っ立って、ミルフィールドを見つめていた。いったいなぜこんなことをしたんだろう、こんなことをしてなにがおもしろいんだろう、とだれもが思っていた。ミルフィールドには、みんながむかつき、うんざりさせられていた。

「そんなことして、あとで後悔《こうかい》するわよ」セーラがいった。

「おれを後悔させるヤツなんか、どこにいるんだよ？　おまえのおやじにいいつけようってのか？　おやじを殺《ころ》してやる。いいか、おれはナイフを持ってんだぞ」

ミルフィールドはポケットからナイフを引っ張りだした。自分をとても強いと思っていたのだ。

「いきましょ」

セーラはそういってその場を離《はな》れ、ジェイスンたちもいっしょに歩きだした。ミルフィールドもついてきて、歩きながら「おまえら、怖《こわ》がりだな。怖がり、怖がり。図体《ずうたい》でっかい赤《あか》ん坊《ぼう》」とどなっていたが、だれもいいかえさなかった。森でどなるミルフィールドの声にみんながおびえていたからだ――ミルフィールドが怖かったからではなく、そこではそんな大声を出してはいけないような気がしたのだ――教会で大きな声を出すのはいけないことだし、出しても後ろめたいのと同じだった。ミルフィールドの脅《おど》すような大声が木々にあたってこだまし、遠くまで漂《ただよ》っていった。なにかが、ずっと遠くのなにかがそれをききつけて、やってくるかもしれない。そんな気がして、だれもがおびえていた。だが、ミルフィールドは大声を出しつづけた。そうすることで、みんなを困らせていると思っていたからだ。

セーラは、みんなの先に立って森をさらに奥《おく》へと入っていった。獣道《けものみち》のような何本もの細い道には草や木が生《お》いしげり、歩くのはなかなかたいへんで、時間がかかった。

ミルフィールドは木の枝を折りながら、大きな音をたてて歩いていた。

やがて、小川に出た。川底の土は黒ずみ、そばに大木が一本生えていた。その木には、弓矢と角笛《つのぶえ》がかかっていた。角笛はほんものだったが旧式《きゅうしき》で、映画で見るようなものだった。何本もの矢が長い矢筒《やづつ》に入っていた。矢筒はにおいで革製《かわせい》だとわかったし、矢からは木と羽根のにおいがした。弓は矢筒にひっかかっていた。長い弓で、たぶんだれの背丈《せたけ》よりも――ミルフィールドはべつだが――長かったかもしれない。

立ちどまって、みんなで弓矢と角笛をじっと見ていた。小川がすぐわきでかすかな水音をたててはいたが、あたりは静まりかえっていた。恐《おそ》ろしくて、だれもが声を出すことも身じろぐ音をたてることもできなかった。弓矢や角笛に触《さわ》るのも怖《こわ》かった。なんとも奇妙《きみょう》だったからだ。たとえ森のなかでもいまの時代に出くわすとは思えないものだったのだ。だれがここにおいたんだろうと、みんなが思っていた。

そのとき、ミルフィールドが近づいてきた。

「だれかがロビン・フッドごっこをしてたんだ！」というと、大声でさけびはじめた。

「出てこーい。どこにいる！　出てきて、へんちくりんなズボンをはいて、緑の帽子《ぼうし》をかぶった姿を見せろ！」

　ミルフィールドの声は木々のあいだをどこまでも響《ひび》いていくと、こだまになって返ってきた。まわりで木の葉がさらさらと揺《ゆ》れる小さな音がした。そのあと、あたりはもっと静かになりそうだった。ところが、ミルフィールドがまた大声でさけびはじめた。もしそのへんにだれかがいたら——弓矢をおいた人がいたら、ミルフィールドの声はまちがいなくきこえていただろう。それに、ミルフィールドとみんなの居場所はぴたりとわかったはずだ。しかしジェイスンたちには、弓矢の持ち主の声はきこえず、姿も見えなかった。

「静かにしろ」みんながミルフィールドにいった。

　けれどもミルフィールドは、ますます図に乗っただけだった。

「いい考えがある」というと、木から角笛をはずしはじめた。「ロビン・フッドは角笛を吹《ふ》いたらくるはずだろ。これを吹いて、くるかどうかみてやる」

「ロビン・フッドは、仲間を呼ぶために角笛《つのぶえ》を吹《ふ》くのよ。触《さわ》らないほうがいいわ。だれのかわからないでしょ。もとにもどしときなさいよ」セーラがいった。

「だれのだって、かまうもんか」

ミルフィールドは角笛を吹いた。おかしな音がした。吹き方を知らない人が吹いたときのトランペットの音に少し似ていた。それでも、ミルフィールドはもう一度吹き、二度、三度と吹いた。

セーラがふいに、木のそばから走って逃《に》げだした。みんなも――ミルフィールドをのぞいて――セーラといっしょに走った。なぜ逃げたのかは、だれにもわからなかった。しかし、セーラが動いたとたんに、みんながセーラの意のままにあやつられ、引っ張られていったかのようだった。

たったひとりで家にいるとき、だれかがすぐ後ろに立って自分をじっと見ているような気がすることがだれにでもあるはずだ。角笛が吹かれたあとは、ちょうどあれと同じ感じだった。だが、家ではなくて森のなかにいたのだから、もっとずっと恐《おそ》ろしかった。ジェイスンがミルフィールドにいったように、まるでどの木も生きていて、しかもじっとにらんでいるようだった。

森は静かだったが、かすかな物音や息づかいのようなものがたくさんきこえていた。森全体はますます静かになっていったが、かすかな音や動きはあたり一面、四方八方で増《ふ》えていった。だが、どこからきこえてくるのか、どこで動いているのかはよくわからなかった。森のそのあたりに張りめぐらされていた網《あみ》が、なにかが近づいてくるにつれて、どんどん引きしめられているようだった。

ジェイスンたちには、ミルフィールドがなにも気づいていないかのようにばか笑いをしたり、みんなの悪口をいったり、角笛を吹いたりしているのがきこえていた――と、そのとき、ミルフィールドがさけんだ。だが、ミルフィールドに背《せ》を向けて走っていたみんなには、なにが起こったのかわからなかった。しかし、ミルフィールドも走りだしたことは足音でわかった。走りながら絶叫《ぜっきょう》していた。おびえきった声だったが、なにをいっているのかはだれにもわからなかった。

息が切れたので、みんなは足をとめ、耳をすましていた。しばらくは、ミルフィールドの声と足音しかきこえなかった。しかしそのあと、べつの音がした。一度はきいたことのある音だったが、だれもが恐怖《きょうふ》のあまりしばらくはそれをその音とは認める気になれなかった。ずいぶんたってから、ジェイスンはセーラとそのときに考えたことを話しあい、あれは映画やテレビできく矢の音だったと、矢が弓から射《い》られ、空中をびゅーんととんで、なにかに当たる音だったということで意見が一致《いっち》した。だがふたりとも、矢のとぶ音はテレビでしかきいたことがなかったから、確信は持てなかった。そうはいっても、あの音がしたあと、ミルフィールドの声も足音もまったくきこえなくなったのだ。

みんなは怖《こわ》くて、ミルフィールドを探しにいくことができなかった。セーラの家まで走って帰り、セーラの母さんにいっしょにきた友だちが行方不明《ゆくえふめい》になったといった。角笛《つのぶえ》や弓矢やきこえた音のこともなにもいわなかった。だれもがおびえきっていた。

ミルフィールドは、町へ帰る時間になっても姿を現わさなかった。自分の家にも帰ってこなかった。そこで、行方不明の届《とど》けが出され、捜索《そうさく》がはじまった。

ミルフィールドは森の、あのとき雛《ひな》を殺《ころ》した場所の近くで見つかった。腐葉土《ふようど》にうつ伏《ぶ》せになり、両腕《りょううで》を広げて死んでいた。死因のわかるものはなにもなかったし、体にはもちろん矢などは刺《さ》さっていなかった。ジェイスンは新聞をていねいに読み、テレビやラジオのニュースに耳を傾《かたむ》けたが、角笛や弓矢のことやミルフィールドが死んだときに近くにだれかがいたなどということは書かれても、いわれてもいなかった。

「少年が森で死亡しているのが発見された」――それだけだった。

とうぜん検死が行なわれ、検視官《けんしかん》によって、心臓《しんぞう》まひで死亡したと診断《しんだん》された。とはいえ、ミルフィールドはまだ十七歳《さい》だった。それでジェイスンは、こんなに気味の悪いことはないと思ったのだった。


「この話、ぜんぶほんとうにあったことなの？」わたしはたずねた。

「そうです。だって、ぼくはそこにいたんだもの」ジェイスンはいった。

「おもしろい話だわ。きみのいとこのセーラのいったとおりよ——何百年もまえ、イングランド中部からヨークシャーまで広がる森があったわ。なんて呼ばれていたか知ってる？」

「うん、セーラが教えてくれた。シャーウッドの森です。だから、ぼくの思ったとおり、気味が悪い話でしょ？」

（註）ロビン・フッド——十二世紀ごろのイングランドの伝説的な義賊。イングランド中部にあった王立林、シャーウッドの森で仲間たちと活躍したといわれる。弓の名手で、緑色の服をきていた。二十世紀以降も、ロビン・フッドが登場する文学作品や映画はいくつもある。

19 魔王《まおう》との晩餐《ばんさん》

――これはほんとうにあった話です。なんといっても、わたしがそういうのですから。

むかし、飲み食いするのが大好きな牧師《ぼくし》がいた。朝食を楽しみにベッドから起きだすと、午前中は昼食のことを、午後は夕食のことを、夜にはなんとか夜食をとれないものかと考えながら過ごしていた。なによりうれしいのは、ブランデーであれ、イチゴであれ、ベーコンであれ、クリームであれ、口にいれられるものを贈《おく》られることだった。

教会にくる人はみな、牧師が食べ物に目がないことを知っていたが、そのことは教会から遠く離《はな》れたところに住む人にまで広まっていた。

ある朝のこと、牧師《ぼくし》は玄関《げんかん》マットに落ちていた招待状《しょうたいじょう》を拾いあげた。

「地獄《じごく》の大魔王《だいまおう》より、謹《つつし》んで金曜日の晩餐《ばんさん》にご招待申しあげます。深夜の十二時に、地獄の馬車がお迎《むか》えにあがります」

牧師は驚《おどろ》いたが、魔王の食卓《しょくたく》に並ぶにちがいない数かずの高価な食器類や、罰《ばち》があたりそうなほど豪勢《ごうせい》ですばらしいごちそうのことを思わず考えてしまった。

「なに、魔王とはたった一度食事をするだけだ。これがすんだら、残りの人生を正しく生きればいい。しょせんは食事、問題などないさ」

牧師はそう思って、招待を受けることにした。

しかし、魔王とつきあいがあることを人びとに知られたらまずいこともわかっていた。そこで鍛冶屋《かじや》へ出かけ、長いスプーンをつくってくれるように頼《たの》んだ。

「柄《え》の長いスプーンをつくってくれ。遠くからでも皿に届《とど》くようなものをな」

鍛冶屋は、柄の長さが牧師のひじから手首ぐらいまであるスプーンをつくった。

「もっと長くだ。もっと長いのを頼む」

そこで鍛冶屋は、腕《うで》の長さぐらいのスプーンをつくった。

「まだまだ。とびきり長くしてくれ」

鍛冶屋は見たことがないほど長い、牧師の背丈《せたけ》ほどもあるスプーンをつくった。

「よし、それでいい！」

金曜日の夜、ぞっとするほど大きな音で牧師の家の戸がたたかれた。牧師が柄の長いスプーンをかついで戸をあけると、目の前に馬車がとまっていた。だが、あたりは真っ暗だった。馬車が待っていることは、あけはなたれた乗り口からカーテンの燃えたつように赤い絹《きぬ》の裏地《うらじ》が見えなければ、わからなかっただろう。牧師が乗りこみ、スプーンもなかにいれると、馬車は走りだした。すさまじいスピードで、動いたかと思ったらもうついていた。牧師が馬車からおりると、そこは地獄だった。

魔王と食事をする部屋《へや》には、長いテーブルがあり、そのまわりにかがり火と大釜《おおがま》がおかれていた。テーブルには、贅《ぜい》のかぎりをつくした珍《めずら》しくておいしそうなごちそうがずらりと並んでいた。牧師が望み、夢《ゆめ》にまで見ていた光景とそっくりだった。はるか遠くのテーブルのはし、ほとんど見えないところに魔王《まおう》が座り、その向かい側のはしに、牧師《ぼくし》の席が用意されていた。

「どうぞおかけください、牧師さん。温かいスープができていますよ」

テーブルはかなり長かったが、それでも牧師の席は思っていたよりも魔王に近く、牧師はいすを後ろに引いた。

「どうかされましたか?」魔王がいった。

「テーブルにあまり近づきたくないもので」

牧師はいすに座って、持ってきた長いスプーンでテーブルとの間隔《かんかく》を測った。給仕の小鬼《こおに》は牧師の準備ができたものと考え、スープを出そうと前に進みでた。しかし牧師は、もっとテーブルから離《はな》れなければと思っていた。この程度《ていど》ではまだ魔王と食事をしたといわれてしまう。人というのはだれと親しくしているかでその人を判断するものだ。牧師はそれを考えて、もう一度立ちあがると、さらにいすを後ろに引いた。

「いすの具合が悪いのですか、牧師さん。ほかのいすを持ってこさせましょうか?」

「いえいえ、それにはおよびません」

牧師は、長いスプーンでふたたび間隔を測った。テーブルにはまだ近すぎた。そこで、立ちあがってもう数十センチいすを引き、測りなおした。こんどはちょうどスプーンがテーブルに届《とど》くくらいになった。牧師は満足し、これならだれにも魔王と食事をしたといわれないだろうと思った。

スープが出された。牧師はスプーンをそろそろと皿まで伸《の》ばした。スプーンはとても扱《あつか》いにくかった。牧師はスープをすくうと、手を交互《こうご》に動かして、よだれが出かかっている口もとにスプーンの先をたぐりよせた。ひと口すすると、熱かったが、塩と肉のうまみがきいた香《かお》りのいい、おいしいスープだった。

そのとき、魔王が動いた。テーブルの反対側の遠く離れた席から、目の前のワイングラスを取るか、指をパチンと鳴らすかのように、牧師の首根っこをいとも簡単につかんだ。そして腕《うで》をひょいと動かし、肩越《かたご》しに牧師を煮《に》えたぎっている大釜《おおがま》のひとつへ投げこんだ。牧師は沈《しず》んで、見えなくなってしまった。

魔王《まおう》はため息をつくと、スープを食べおえた。

「わしがふるまった料理をひと口でも、ひとかけらでも食べたやつは、わしのものなのだ」

魔王は、次の料理を持ってくるように命じた。

食事の終わりに、小鬼《こおに》が長いスプーンを持ってきた。牧師《ぼくし》が落としたものだった。

魔王はしゃれた装身具《そうしんぐ》代わりに、それを時計の鎖《くさり》にぶらさげた。

「ふん、これが長い？　わしと食事をするなら、もっともっと長いスプーンを用意しなければだめだ！」

20 ミセス・シュガー

——これはほんとうの話です。わたしのおばのペグは子どものとき、ミセス・シュガーの家の隣《となり》に住んでいたのですから。

ミセス・シュガーは魔女《まじょ》だった。髪《かみ》の毛にぼろ布を巻いてカールさせ、嗅《か》ぎタバコを吸っていた。土曜日にはいつも競馬《けいば》にいった。近所の人はみんなミセス・シュガーが魔女なのを知っていて、そばかすにはウラジロロウゲを、腹痛《ふくつう》にはカモミールを煎《せん》じてもらっていた。

ミセス・シュガーは死ぬと墓地《ぼち》に葬《ほうむ》られ、墓《はか》には天使像がおかれた。にもかかわらず、ミセス・シュガーがあいかわらず土曜日の夕方になると出かけているという噂《うわさ》がほどなく広まった。噂の出所《でどころ》はわからなかったが、たぶんみんなが、ミセス・シュガーは生前魔女《まじょ》だったから死後は幽霊《ゆうれい》になると思ったのだろう。

　大人はそんな噂《うわさ》をつくり話にすぎないと思っていたが、子どもたちは本気にし、みんなでよく墓地《ぼち》にいった。とりわけ土曜の夕方には、ミセス・シュガーが墓《はか》から出てくるところを見ようと、墓地の柵《さく》ごしにのぞいたものだった。そして猫《ねこ》が前足を一歩出しただけでも、なにかが動いたと大騒《おおさわ》ぎして一目散《いちもくさん》に逃《に》げた。ミセス・シュガーを見たという子がたくさんいたが、ほんとうに見た子はひとりもいなかったし、見たという子を信じる人もいなかった。子どもたちは何週間かそうして遊んでいたが、いくら待ってもミセス・シュガーが出てこないので、だんだんあきてしまった。

　ハロウィーンが近づいてきた。学校で幽霊や魔女やハロウィーンのことを習ったペグは、友だちみんなを怖《こわ》がらせてやろうと思いついた。だが、そのときには、ミセス・シュガーのことなどすっかり忘れていた。幽霊は人がシーツをかぶっているように見えるし、魔女はみな猫を飼《か》っていて、ほうきに乗って空を飛ぶのだと先生たちがいい、嗅《か》ぎタバコや薬草や競馬《けいば》のことはなにもいわなかったからだ。

ハロウィーンの夜、ペグは家からシーツを持ちだして、こっそりかくれることにした。そんなことは簡単だった。母親が夜に働きに出ていたので、しようと思えばなんでもできたのだ。ペグはいつも夜遅《おそ》くまで友だちと近所をぶらぶらしていた。だから、みんなが自分を探しにくることはわかっていた。きっとごみ捨て場や肥料置き場やれんが工場を探すだろうし、運河沿《うんがぞ》いの引き船道をいったりきたりして橋の下も見るにきまっている。そういう場所のどこかにかくれて待ってさえいればいいのだ。遅かれ早かれ、みんながやってくるだろう。そうしたら、とびだしていって、死ぬほど脅《おど》かしてやろう、とペグは考えていた。

運河沿いの道がいちばん近いので、ペグはそこへいき、道路わきの柵の下にしげる雑草や潅木《かんぼく》のなかにうずくまった。そして、シーツをかぶって顔を半分かくし、いつでもとびだせる準備をして待っていた。

友だちがくるまでには、ずいぶんかかるだろうと覚悟《かくご》していた。待っているときは実際より時間がずっと長く感じられるものだ。だから、じっとがまんしていた。もう限界だと思ったときも、なんとか耐《た》えた。運河《うんが》のそばにいたので、あたりがずいぶん暗くなっていることには気づかなかった。水辺《みずべ》はほかのところにくらべるといつも明るいものなのだ。

そのときだった。後ろで人の気配がした。しまった、とペグは思った。見つかってしまったのだ。ペグは振《ふ》りむいたが、シーツが目の前ではためいて、白いものしか見えなかった。

「お久しぶりね、ペギー」と、すぐわきの雑草のなかから声がした。

ペグがシーツを払《はら》いのけると、古くさい黒のスカートに白い厚手の毛のストッキング、はき古したボタンつきのブーツが目に入った。上のほうから声がきこえた。

「ペギー、ここでみんなを脅《おど》かすつもり？」

ペグが見上げると、ミセス・シュガーが立っていた。ミセス・シュガーは身をかがめ、ペグの顔をのぞきこんだ。

「あたしもみんなを脅かそうとしていたところなの。いっしょにしましょ！」

ペグの心臓《しんぞう》はばくばくして、一週間おさまらなかった。ペグがミセス・シュガーを見たといっても、だれも本気にしようとしなかった。

「またその話なの」と、だれもがいった。


わたしはこれをきいたとき、おばの話を信じました。

「本に書いてあることをうのみにしてはいけないよ。学校の先生たちは本で読んだことを教えているんだ。だって、魔女《まじょ》はとんがり帽子《ぼうし》なんかかぶっちゃいないし、幽霊《ゆうれい》はシーツをかぶってるみたいには見えないんだから。なぜかというと、あたしは幽霊になったミセス・シュガーに会ったんだからね」と、おばはいったのです。

21 雄牛《おうし》

――わたしは、この話に出てくる教会へいったことがあります。教会の壁《かべ》には、むかしここで起きたことを記《しる》した銘板《めいばん》があります。それから、一風《いっぷう》変わった置物もありました。それは嗅《か》ぎタバコ入れのなかに座っている雄牛の彫刻《ちょうこく》でした。ですから、この話はほんとうにあったことにちがいありません。そうでなければ、このようなものが教会におかれてはいないでしょう。

これは千年まえのできごとで、そのころはまだキリスト教はほとんど広まっていなかった。その村には当時は教会がなく、神父《しんぷ》もいなかったから、悪魔《あくま》を追いはらうことができず、悪魔は村のあちこちで力をふるっていた。昼間は大きな雄牛に姿を変えて村の通りをかけまわり、人びとをおびえさせた。そして夜になると、大きな干し草の山になって暗い小道を歩く人のあとをつけた――その恐《おそ》ろしさは、実際にあとをつけられた人にしかわからないだろう。

やがて、村人たちは力を合わせ、村に教会を建てた。しかし、神父はまだいなかったから、隣村《となりむら》の神父に頼《たの》んできてもらわなければならなかった。ところが、その神父は年寄りの大酒飲みで、地元《じもと》では「酒樽《さかだる》神父」と呼ばれていた。それに、教会で働いている家政婦《かせいふ》と仲がよすぎるともいわれていた。新しい教会にきてもらいたいような神父ではなかったのだ。それはともかく、神父はけっきょく一度もくることはなかった。体のふしぶしが痛《いた》むということだったが、まわりの人たちはみな、また飲んだくれているにちがいないと思っていた。

村人たちは、司教《しきょう》に願いでて、やっと村に神父がくることになった。しかしやってきたのは、神学校を出たばかりの若い神父だった。村人たちはこの経験の浅い神父にあまり期待していなかったが、実際には学問があって熱心に本分をつくすすばらしい神父《しんぷ》だったので驚《おどろ》いてしまった。村人たちは、「隣村《となりむら》は酒飲みばかり、おまけに神父も飲んだくれ」という失礼な歌をつくり、自分たちの若い神父を自慢《じまん》しはじめた。自慢はしてはいけないことなのに……。

悪魔《あくま》は、新しい教会ができても気にかけなかった。建物がひとつ増《ふ》えただけだったからだ。だが、この教会に神父がきたことは気に食わなかった。礼拝の儀式《ぎしき》は耳ざわりだったし、女たちが教会に花を持ってくるのも、神父が村人を訪ねて歩く姿を見るのもいやだった。そこで、神父を追いだして教会を打ちこわすことにした。

悪魔はまず雄牛《おうし》に姿を変え、教会の入り口に上から下まで恐《おそ》ろしいひっかききずをつけた。夜には教会の庭をうろつきまわり、荒《あら》あらしく鼻を鳴らしては訪れる人を怖《こわ》がらせた。日曜日になってお祈《いの》りがはじまると、屋根の上でとびはねて祈りをささげている人たちをぎょっとさせた。そのあと教会のなかに突進《とっしん》してきて吠《ほ》え、足を踏《ふ》みならし、祭壇《さいだん》を倒《たお》した。あまりの騒《さわ》ぎに、神父と村人たちはみな教会から逃《に》げだし、雄牛がなかで大あばれする音をおそるおそるきいているしかなかった。バイキングが攻《せ》めてきたのだと思って、森へ逃げこんだ人たちまでいた。

やがて教会が静かになった。若い神父がなかをのぞくと、雄牛の姿はもうなかった。祭壇や説教壇《せっきょうだん》、彫像《ちょうぞう》や聖杯《せいはい》がすべてこなごなに壊《こわ》され、掛《か》けてあった布も神父の祭服《さいふく》もすべて引きさかれていた。その残骸《ざんがい》を見た村人たちは衝撃《しょうげき》を受けた。教会を建てて内装《ないそう》を施《ほどこ》すのに、多くの時間とお金がかかったからだ。

「もう、このむちゃくちゃな雄牛をなんとかしないといけない。神父さん、聖書《せいしょ》で雄牛を縮《ちぢ》みあがらせてください」村人たちはいった。

若い神父には、村人たちのいうことがわからなかった。そこで村の長老が、神父を教会の庭の石塀《いしべい》に座らせて、説明した。

「神父さんがしなければならないことはですな、つまり、こんどあの雄牛が教会に入ってきたら、聖書を読んできかせることです」

「雄牛は黙《だま》ってきいてはいないでしょう？」

「ききますとも。そういうものなんです。長く読めば読むほど、じっときいているしかなくなる。それに聖書《せいしょ》を読みきかせると、あいつは縮《ちぢ》みあがるんです」

「縮みあがるって?」

「雄牛《おうし》が小さくなっていくんですよ。それで、うんと小さくなったら箱か瓶《びん》につめる。そうしたら、もうあいつに教会をめちゃくちゃにされる心配もなくなりますよ。どうです、神父《しんぷ》さん?」

「ほんとうに、効《き》き目《め》があるのですか」若い神父はたずねた。こんなことは、神学校で習ったことがなかったからだ。

「もちろんですよ。いまにわかります。あの悪魔《あくま》め、今日《きょう》はたっぷり楽しんだようだから、十中八九《じっちゅうはっく》、こんどの日曜日もあばれにきます。賭《か》けてもいい。おい、十対一でこないほうに賭ける者はいないか?」

しかし、賭けに乗る者はいなかった。雄牛がくることはまちがいなかったからだ。そして次の日曜日、お祈《いの》りがはじまるとすぐに、雄牛が扉《とびら》を打ちやぶって入ってきた。人びとに角《つの》を振《ふ》りたてながら大声で吠《ほ》え、足を踏《ふ》みならした。

「いまだ、神父さん、読んでください！」長老がさけんだ。

若い神父はぱっと大きな聖書を広げ、目にとびこんだラテン語の文字を読みはじめた。たちまち雄牛はあばれるのをやめ、向きを変えて神父を見た。長老が説教壇《せっきょうだん》にあがって神父の腕《うで》をつかむと、いった。

「そのまま続けてください」

神父は聖書を読みつづけた。

雄牛は説教壇の前まできて立ちどまり、うさんくさそうに神父を見た。そして、自分がその場から動けないことに気づくと、ふたたび吠えはじめた。

「なにも気にしてはいけません。続けるのです」長老がいった。

神父は大きく息を吸いこむと、うなずいて、聖書を読みつづけた。

そのころ、たいていの神父は四時間は休みなく話しつづけることができた。だがこの神父は若く、学校を出たばかりでまだじゅうぶんに修行《しゅぎょう》を積んでいなかったから、二時間半後にはのどはがらがらになり、しわがれ声になってきた。だが、ほんの少しでも休むと、そのたびに長老にひじでつつかれて、読みつづけるようにいわれた。

「でも、雄牛《おうし》はちっとも小さくなっていきませんよ」神父《しんぷ》はひそひそといった。

「なっていますよ。ほら、まえよりも小さくなっている。続けてください」

神父は下を向いて、ふたたび聖書《せいしょ》を読みはじめた。文字はかすみ、のどはひりひりして、かぼそいささやき声しか出せなくなった。早朝から昼過ぎまで休みなく聖書を声をあげて読みつづけていたからだ。神父はめまいがし、首をあげた——雄牛の姿がなかった。床《ゆか》に目を落とすと、そこには小さな犬ぐらいになった雄牛がうなり声をあげながら座っていた。教会は村人でいっぱいだった。だれもがパンやビールを手にして、雄牛が小さくなっていくのを見物していた。ビールが一杯《いっぱい》、説教壇《せっきょうだん》に届《とど》いた。

「さあ、のどをうるおしてください。そして続けてください。いまやめることはできませんよ。雄牛のやつを怒《おこ》らせてしまいましたからね」長老がいった。

神父はビールをひと口飲むと、ささやくようにいった。

「わたしは、もうこれ以上読むことができません」

「ほかには字の読めるものはおりません。神父さんしかいないのです！　見てください！　雄牛のやつめ、もう大きくなりはじめている！」

神父が疲《つか》れた目で雄牛を見つめると、それはもう子牛ほどの大きさになっていた。

「読むのをやめると、大きくなるのですか？」

「だから、読みつづけなきゃならないのです、神父さん」長老はいった。

そんなわけで、神父はもうひと口ビールを飲むと、ふたたび聖書を読みはじめた。

その日の午後はずっと読みつづけた。声が出なくなってくるとビールでのどをうるおし、ふたたび読みつづけた。

そのうちに、説教壇にあがってそばに寄らないと、声がきこえなくなった。すっかり酔《よ》いもまわり、神父は聖書のページをめくるのも、読むのも難《むずか》しくなった。日が沈《しず》むころには、とうとう文字も見えなくなった。聖書になにが書いてあるかも思いだせなくなり、しわがれ声ひとつ出せなくなった。村人たちは、最後にもう一杯《いっぱい》ビールを飲ませて、神父を寝床《ねどこ》へ運んだ。

雄牛《おうし》は聖書《せいしょ》の言葉で身動きがとれなくなったまま教会に残された。その晩《ばん》は聖書を読みきかせた者はだれもいなかった。

次の日の朝はやく、長老や村人たちは神父《しんぷ》を起こした。

「神父さん、起きてください。雄牛をなんとかしなくてはなりません」

神父はのども頭も痛《いた》んだが、長老たちについて教会へ向かった。夜のあいだに、雄牛はもとの大きさにもどったばかりか、はじめの倍の大きさになっていた。教会のなかは巨大な雄牛で占《し》められ、神父と長老はやっとのことでなかに入った。

「おはよう、神父！」

神父が説教壇《せっきょうだん》にあがると、雄牛の大声が頭上でとどろいた。

「できるものなら、おれを小さくしてみろ！　できなければ、おれはもっと強く大きくなる」

神父はもう一度最初からやりなおさなければならなかった。しかし、こんどは昨日《きのう》よりもっとたいへんで、雄牛に勝てる見込《みこ》みなどほとんどなかった。神父は昨日一日でのどをすっかり痛めてしまっていたから、かすれた声がわずかに出るだけだったが、それでも、雄牛はゆっくりと縮《ちぢ》んでいった。だが正午には、神父の使いすぎて腫《は》れあがったのどからはヒューヒューいう音しか出なくなってしまった。いっぽう雄牛は、ふつうの雄牛の大きさまで縮んだだけだった。

それから一時間たった。神父はもうどんなことをしてもかすかな音さえ出せなくなった。いくら大声を出そうとしても、のどのあたりがふくらむだけだった。とうとう声をつぶしてしまったのだ。すると、雄牛はまた大きくなりだした。神父と村人たちはただそれを座って見ているだけだった。時がたつにつれて、雄牛はさらに巨大になり、もはや教会のなかに座れる場所さえなくなってしまった。人びとは外へ出て庭の石塀《いしべい》に座り、なりゆきを見守った。雄牛はますます大きくなって、鼻が窓《まど》のひとつから突《つ》きだし、しっぽが教会の入り口からたれさがった。二本の角《つの》が見るまに屋根を突きやぶった。そしてついに、教会の石壁《いしかべ》がうなるような声をあげて、震《ふる》えだした。

「もうすぐ教会はなくなってしまう。神父さんの居場所も」長老がいった。

若い神父《しんぷ》はなにもいわなかった。いおうにも、声が出なかった。

そのとき、ふたりの人が歩いて村に入ってきた。年寄りの男と女だった。男は神父の服装《ふくそう》をしていたが、きたなくて、髭《ひげ》もそっておらず、目も鼻も真っ赤で、とても神父には見えなかった。女のほうは太っていて、息を切らしていた。粗末《そまつ》でだぶだぶの古着を着ていたが、少なくともこざっぱりしていた。

「われわれをお助けください！」

長老が、ふたりを見て声をあげた。隣村《となりむら》の「酒樽《さかだる》神父」とその家政婦《かせいふ》だった。長老はそれを若い神父に説明したあと、酒樽神父に話しかけた。

「神父さん、ごきげんいかがですか？　ふしぶしの痛《いた》みはどうですか？」

「神のおぼしめしどおりだ！」と老神父は答えると、若い神父に向かっていった。

「困っておるときいたが、そのとおりだったようだな。あと一時間もしたら、この教会はがれきの山だ」

「返事ができないのです」長老がいった。「聖書《せいしょ》の読みすぎで、のどをやられてしまいました。もうなにもいえません。この石塀《いしべい》と同じです」

「あたしらがききつけてやってきて、よかったわ」

女はそういうと、こんどは老神父にいった。

「神父さん、どうぞはじめてください。あたしはこの若い神父さんのかわいそうなのどの手当てをしてあげますから」

酒樽神父は教会のなかには入れなかったが、教会の入り口で持ってきた聖書を読みはじめた。そして、はじめの一節を読みおえるといった。

「酒を持ってきてくれ」

そして二節目の終わりに、またいった。

「もっと強い酒をくれ」

若い神父が家政婦にめんどうをみてもらっているあいだに、老神父は声を張りあげて『旧約聖書《きゅうやくせいしょ》』の「創世記《そうせいき》」を猛烈《もうれつ》な勢《いきお》いで読みあげた。その大声はまるでひどく太った人が砂利道《じゃりみち》を引きずられていくような音だった。村の通りのいちばんはずれにいても、その声はきこえただろう。

若い神父《しんぷ》は、タマネギをいれた古い靴下《くつした》を首に巻かれて家政婦《かせいふ》と教会にもどってきた。そのときにはもう雄牛《おうし》は縮《ちぢ》みはじめていた。若い神父と家政婦は村人たちにまじって教会の塀《へい》に座り、酒樽《さかだる》神父が八時間ぶっ通しで聖書《せいしょ》を読んで、読んで、読みつづけるのに耳を傾《かたむ》けた。老神父にはまったく疲《つか》れが見えなかった。毎週日曜日に六時間説教をするのに慣れていたので、それより長く話しても問題はなかったのだ。あたりが暗くなりはじめ、人びとはカンテラを持ってきた。真夜中になると、雄牛がまだ大きく場所をふさいではいたが、教会に入れるようになり、教会のなかにろうそくがともされた。真夜中を少し過ぎたころ、老神父がさけんだ。

「わしはもう、ここまでだ！」

これこそ、みんながずっと恐《おそ》れていたことだった。雄牛はふたたび大きくなってしまう。それも、まえにも増《ま》して大きくなるのだ！

そのとき家政婦がすっと立ちあがり、説教壇《せっきょうだん》にのぼった。そして、なんと聖書を読みはじめたのだ。これには村人たちがみな仰天《ぎょうてん》した。文字を読むことは神父にしかできないと思われていたし、女はけっして神父になれないからだ。しかしこの家政婦は、長いあいだ酒樽神父のところで働いていたので、字を読むことができたし、聖書のラテン語も読めた。そのうえ、おしゃべりでのどをきたえてあったから、聖書の朗読《ろうどく》を六時間やってのけた。家政婦は次の日の明け方まで読みつづけ、雄牛はずいぶん縮んだ。もう、ごくふつうの雄牛の大きさだった。

老神父は夜の明けきらない五時に起き、それから午後の四時までふたたび読みつづけた。この鼓膜《こまく》が破れそうな声での十一時間は、神父のいままでの朗読の最長記録になっていた。神父は最初からひどいがらがら声だったので、疲れてきているのかどうかはだれにもわからなかったが、そのうちにとうとう自分から休止を告げた。雄牛はもう中型犬ほどになり、すっかり無口になっていた。

「こんどは、わたしにやらせてください」若い神父が小さなかすれた声でいった。

若い神父は少しだけ声が出るようになっていたのだ。それで若い神父に読ませてみたが、一時間もしないうちに声はふたたび出なくなってしまった。

「読むつもりなら、はっきり読め！」雄牛《おうし》がどなった。

家政婦《かせいふ》が若い神父《しんぷ》に代わって説教壇《せっきょうだん》にあがった。若い神父が壇にあがっているあいだには、雄牛はほとんど縮《ちぢ》んでいなかった。

家政婦は真夜中まで読みつづけた。雄牛がネズミぐらいまで小さくなると、酒樽《さかだる》神父はへこんだ嗅《か》ぎタバコ入れを取りだし、中身を捨てた。粉が飛びちり、近くの人たちがくしゃみをしはじめたが、老神父はそれにはおかまいなく、嗅ぎタバコ入れを若い神父にわたした。

「さあ、お若いの、雄牛をこれにいれなさい」

若い神父は、ネズミぐらいにまで小さくなった雄牛をつまみあげ、嗅ぎタバコ入れにいれると、それを床《ゆか》においた。嗅ぎタバコ入れのふたは閉まらなかったが、それはたいしたことではなかった。

酒樽神父は説教壇にもどって、ふたたび読みはじめた。小さくなった雄牛はみるみるうちに縮んでいった。それから二時間のあいだ、人びとは嗅ぎタバコ入れのふたがだんだんさがっていくのをじっと見ていた。雄牛はますます小さくなり、とうとうふたは閉まった。ほんのわずかの隙間《すきま》を残して。

「おい悪魔《あくま》、お仕置きをしてやる。おまえは千年、この嗅ぎタバコ入れのなかにいるのだ。悪魔よ、おまえはこれをどこにおいてほしい？」酒樽神父がいった。

答えをきこうと、みんなが静かになった。嗅ぎタバコ入れから、大きなわめき声がきこえた。

「どこでもいい、どこでもいい。だが、アヒルがいるあの池はやめてくれ！　どこだっていいが、あの池だけはだめだ！　頼《たの》む、頼む、あそこだけはやめてくれ！」

「悪魔よ、おまえを紅海《こうかい》へ送ることにしよう」酒樽神父はおごそかにいった。

「そうだ、そうだ！　紅海でもどこでもいい！　あの池でなけりゃどこだって！」

若い神父が説教壇にあがって、老神父に小声でいった。

「あの池に投げいれるほうが、罰《ばつ》になるのではありませんか？　それこそ当然の報《むく》いですよ！」

「そう思うだろう？　お若いの、そう考えてもらうのが悪魔《あくま》のほんとうのねらいさ。あいつはあそこから逃《に》げられることがわかっておる。一週間もせんうちに、教会を壊《こわ》しにもどってくるぞ。だがわしは、この悪魔にはだまされん」と老神父《ろうしんぷ》は若い神父にいうと、こんどは声を張りあげて悪魔にいった。

「まっすぐ紅海《こうかい》へいくのだ！　千年のあいだ、そこにいるがいい！」

雄牛《おうし》が怒《おこ》ってわめくかん高い声がなかからきこえていたが、ふたがぴったり閉まると静まった。村人たちは嗅《か》ぎタバコ入れ全体をピッチでおおい、それを商人に預《あず》けた。そして商人は、それをアラビアの海岸まで持っていき、紅海に投げこんでしまった。


こうして、村の教会は破壊《はかい》から守られました。でも、それからほぼ千年がたっています。雄牛が紅海からいつなんどきもどってくるかもしれません。千年閉じこめられたことに、怒《いか》り狂《くる》っているでしょう。ですから、いまこの教会を預かっている人は、気をつけたほうがよいと思います。

それにしても、わたしが不思議《ふしぎ》に思うのは、村人たちがなにに雄牛をいれたかです。ほんとうはなんだったのでしょう？　嗅ぎタバコ入れのはずはないのです。千年まえのイギリスには、嗅ぎタバコはなかったのですから。でも、この教会には絵があって、この話の雄牛が嗅ぎタバコ入れに座り、ちょうどふたが閉まろうとしているところが描《えが》かれています。ですからきっと、この話はほんとうにあったことなのでしょう。

22　イヌの餌《えさ》

――これはほんとうにあった話だと考えられています。

むかし、ある町にダウニングという名の非常にたちの悪い魔法使《まほうつか》いがいた。ダウニングは何年ものあいだ国じゅうを旅してまわり、おおぜいの魔法使いに会って魔術《まじゅつ》を学んだ。それからある魔法使いの娘《むすめ》と結婚《けっこん》して、たくさんの子どもに恵《めぐ》まれた。猫《ねこ》も何びきも飼《か》い、その猫たちによその家の食卓《しょくたく》から肉や魚を盗《ぬす》んでは家に持ちかえらせていた。子どもと猫は、数は同じくらいで、どちらも同じように悪さをすると人びとは思っていたが、子どものほうがもっと悪いことをしそうだと考える人たちもいた。

ダウニングと妻《つま》は、子どもも猫もとてもかわいがっていたから、猫や子どもに手をあげたり石を投げたりした者はだれでも、ダウニングに呪《のろ》いをかけられて体じゅうが痛《いた》み、そのあと数日は起きあがれなくなった。また、ダウニングは人を痛がらせるよりもっとひどいこともできた。みんながそれを知っていたから、ダウニングの子どもや猫は、盗みをしてもだれにもとがめられなかった。

しかし、ホリスという男はちがった。ある晩《ばん》ホリスは、自分の農場が騒《さわ》がしいことに気づいた。外に出てみると、ダウニングの三人の子どもが豚小屋《ぶたごや》の豚を棒切《ぼうき》れでたたいていじめていた。ホリスは大声で出ていけとどなったが、子どもたちは石を投げて悪態《あくたい》をついた。ホリスはあまりの腹立《はらだ》たしさに、魔法使いの父親のことを忘れてしまった。これまでいつも勝手なことをして過ごしてきた子どもたちは逃《に》げようともしなかったから、ホリスはいちばん上の男の子をつかまえて、鞭《むち》でたっぷり打ちすえた。兄が生まれてはじめて鞭で打たれているのを見た下のふたりは家へ逃げかえり、父親に一部始終《いちぶしじゅう》を報告した。

その翌日《よくじつ》、ダウニングはホリスに会いにきて、だいじな息子《むすこ》にひどい傷《きず》を負わせた償《つぐな》いに金を要求した。ホリスはまずいことをしてしまったと思ったが、もうあとには引けなかった。

「ひどい傷《きず》を負わせただと？　自分の子と同じように打っただけだ。尻《しり》がひりひりする程度《ていど》にな。あんなこと、ふつうならもうとっくに父親にされてたはずだ。おれはそれをしたまでだ！　おまえは、あの子にいいことをしてると思ってるのか？　なんでもしたい放題させといて」ホリスはいった。

「わしに説教をするな！」

ダウニングは怒《おこ》って帰っていった。ホリスにはよっぽどひどい呪《のろ》いをかけねばならぬ。いままでだれにもかけたことのないような恐《おそ》ろしい呪いを。いや、それくらいではまだ足りぬぞ、と考えながら。

そんなわけで、ダウニングはある生き物をつくった。まず飼《か》い猫《ねこ》を二ひき殺《ころ》し、そのあと大きな犬を一ぴきつかまえてきて、やはり殺した。それから毒物と、自分が習ったなかでももっとも悪い魔術《まじゅつ》をいくつか使ってその生き物をつくり、イヌと名づけた。犬に似たものだったからだ。そうはいっても、そのイヌは人には見えないほど真っ黒で、目はふつうの犬の目に光があたったときのようにいつも赤か緑、ときには青に光っていた。とにかく、イヌはとてつもなく大きかった。

真夜中になった。

「ホリス」と、ダウニングはイヌにいった。

イヌは外に出ていき、その夜は帰ってこなかった。

その翌朝《よくあさ》、ホリスはベッドから姿を消していた。どこを探しても見つからなかった。

「あいつがどうなったか、おれはちゃんと知ってるぞ、おまえらも気をつけろよ」とダウニングは町の人たちみんなにいった。しかしみんなは、なにをいわれているのかさっぱりわからなかった。

その夜、ダウニングが夜中に目をさますと、枕《まくら》もとにろうそくの炎《ほのお》のような明るい緑色のものがふたつ揺《ゆ》らいでいた。そのまわりには、なにか真っ黒なものが見える。やがて、そのふたつの炎は赤く燃え、その下に牙《きば》が見えた。あのイヌだった。もどってきたのだ。ベッドのわきに座り、ダウニングをじっと見つめていた。ほしいものをきいても、イヌは動こうとも声を出そうともしないで、ひたすら待っていた。ダウニングがベッドから出ようとすると、うなり声をあげる。ダウニングはあわててまた横になった。呪《のろ》いを解《と》く呪文《じゅもん》を唱《とな》えたが、イヌの姿はどうしても消えなかった。とうとうダウニングはいった。

「ホリスの妻《つま》」

イヌは立ちあがり、外に出ていった。

それからというもの、町の人たちが消えはじめた。ホリスが消え、その次の日にはホリスの妻が見えなくなった。その翌日《よくじつ》には教区牧師《きょうくぼくし》がいなくなった。そのあとは食料品店のおかみさんだった。五日目の夜には、こしょうをまいてダウニングの猫《ねこ》を追いはらった女が、六日目の夜にはホリスの幼い息子《むすこ》がいなくなった。

しかし、ダウニングはもう大口をたたかなかった。こそこそ逃《に》げまわり、どこかの犬が吠《ほ》えただけでとびあがった。

町に留《とど》まる必要がこれといってない人たちは町を離《はな》れはじめ、ダウニングにはイヌに告げる名前がつきてきた。イヌは毎晩《まいばん》やってきてベッドのわきに座り、辛抱強《しんぼうづよ》く待っている。ダウニングが汗《あせ》だくでまだ告げていない名を絞《しぼ》りだすのを、イヌはじっと待っていた。ダウニングは、ときには明け方近くまでイヌを待たせることがあった。するとと夜明けが近づけば近づくほど、イヌは興奮《こうふん》した。ふつうの犬のように息を荒《あら》くし、落ち着きなく体を動かすのだ。朝までイヌを待たせたらどんなことになるかは知りたくもなかったから、ダウニングは毎晩早口でまくしたてた。

「八百屋《やおや》の小僧《こぞう》！」

「おれがいつも道ですれちがう緑のスカートをはいた女の子！」

するといつも、イヌは立ちあがって出ていった。

そんなある日の夜、疲《つか》れてうとうとしていたダウニングは、目をさまして仰天《ぎょうてん》した。なんと空はもう朝焼けでピンク色に染《そ》まっていた！　そしてイヌはベッドのわきをせかせかといったりきたりしながら、興奮して鼻を鳴らしていた。

「おれの妻だ！」ダウニングはさけんだ。

イヌはダウニングを飛びこえて妻《つま》に向かっていった。すさまじい音がした。ダウニングはベッドをとびだして逃《に》げた。もどってきたときには、妻の髪《かみ》の毛一本残っていなかった。

イヌはその夜もベッドのわきに現われたが、ダウニングはもうだれも思いつけなかった。イヌがしっぽを動かしはじめた。

「赤《あか》ん坊《ぼう》」と、ダウニングはいった。

ダウニングが起きたとき、赤ん坊はもう揺《ゆ》りかごにはいなかった。

「おれの長男」と、次の夜にダウニングはいった。

「おれの長女」と、その次の夜にはいった。

それから毎晩《まいばん》、ビリー、アン、メアリー……と子どもの名前をいった。こうして子どもが全員いなくなっても、イヌはあいかわらずやってきた。ベッドのわきに座り、ダウニングをじっと見つめて待っていた。

ダウニングはもうなにもいえなかった。まもなく夜が明けようとしている。部屋《へや》はしいんと静まりかえり、きこえるのは、イヌがしっぽを床板《ゆかいた》にたたきつける音とのどから絞《しぼ》りだす鳴き声だけだった。空はどんどん明るくなってくる。イヌはもう待てない。それなのに、主人は餌《えさ》を与えてはくれなかった。

こうして、イヌは主人を食い、そのあと姿を消した――イヌがどこへいったのか、いまはどこにいるのか、それはだれも知らない。

ダウニングは魔術《まじゅつ》にたけていましたが、魔術で悪いことをすればかならず自分がしっぺ返しを食らうことはわかっていなかったのです。

23　校長の奥《おく》さん

――これはジョンという教師からきいた話です。ですから、ほんとうかどうかはわかりません。

この事件は、ジョンがはじめて教職についた年に起こった。勤務校《きんむこう》はとても働きやすい学校だった。子どもたちはみな行儀《ぎょうぎ》がよく、校則を破るようなことは絶対にしなかったし、清掃員《せいそういん》はていねいに掃除《そうじ》をし、校舎にはごみひとつ落ちていなかった。それにこんなことは前代未聞《ぜんだいみもん》だったが、教師たちは職員室を常にきちんと片づけ、流しやティーカップもきれいに洗《あら》っていた。これはすべて、みんなが――子どもたちも職員も守衛《しゅえい》も清掃員もみんなが校長を怖《こわ》がっていたからだった。校長がくるのが見えるとかならず、だれもがわけもなくおどおどし、後ろめたそうな顔つきをした。ジョンにはそれが不思議《ふしぎ》だった。校長はジョンにはいつも気さくで親切だったし、りっぱな人のように見えたから、なぜ怖がられるのかさっぱりわからなかったのだ。

それはともかく、その学校で働きはじめてまもなく、ジョンは校長から夕食に招待《しょうたい》された。新任の先生のことはよく知っておきたいんだ。だからいつも家に招待することにしている、といわれた。ジョンは気がすすまなかったが、校長の機嫌《きげん》を損《そこ》ねたくなかったので招待を受けることにした。そして、職員室でほかの教師たちにその話をした。

「おい、いっちゃだめだ。なにか口実をつくってやめておけ」みんながいった。

「どうしてですか？」

「きみだっていきたくはないんだろ。いいか、あいつは奥さんにみじめな生活をさせているんだ。奥さんをそまつに扱《あつか》ってな」

「校長がなにをするっていうんですか？」

ジョンが重ねてきいたが、教師たちはただ「奥さんはどうやって我慢《がまん》してるんだろうな」とか「どうして別れないんだろう」とかいうだけだった。

みんなはくだらないことばかりいっているとジョンは思うようになり、こんな陰口《かげぐち》をたたかれている校長に同情さえしはじめた。そんなわけで、招待《しょうたい》された日の夜には、きちんと身なりを整え、ワインと花束《はなたば》を抱《かか》えて校長の家に向かった。

校長が出迎《でむか》えてくれたとき、奥《おく》さんはそばにいなかった。だが校長自身はいつものように気さくで、感じも悪くなかった。ジョンを家に招《まね》きいれると、ワインをあけてふたりのグラスに注いだ。そして、ジョンを自分の学校に迎えることができてうれしいといった。ふたりで教師の役目について話していたとき、奥さんが顔を見せた。

「妻《つま》のパットだよ」校長がいった。

ジョンはびっくりした。奥さんは校長よりもずっと若く、自分とたいして変わらないように見えたからだ。さらに驚《おどろ》いたのは、もうひとり、奥さんにうりふたつの女性が後ろにぴったりついて部屋《へや》に入ってきたことだった。ジョンはふたりを見くらべたが、みごとにそっくりだった。この人は奥さんの双子《ふたご》の姉か妹にちがいないと思い、紹介《しょうかい》してもらえるのを待った。しかし校長も奥さんも、そこにべつの女性などいないかのようにふるまっていた。ふたりには見えていないのだろうか。校長はそちらに向かってまっすぐに歩いていき、なんとその人の体を通りぬけてしまった。そのときジョンは、自分にははっきり見えていても、そんな女性はほんとうはそこにいないことに気づいたのだった。その部屋でその人が見えているのはジョンだけのようだった。

ジョンは真っ青になり、頭がぼんやりしてめまいがした。幽霊《ゆうれい》などいるわけがないと思ってはいたが、実際に目の前を歩いているのを見ると、そんなことをいってはいられなかった。

ジョンはその幽霊のことを話そうとしたが、のどがからからで、声が出なかった。そしてようやく声が出るようになったときにはもう、このことは黙《だま》っていようと決めていた。校長や奥さんが幽霊を信じているとは思えなかったが、奥さんにそっくりな幽霊がいて、まったく同じ動作をしていると話しても、ただ大騒《おおさわ》ぎになるだけだろう。今夜は幽霊についてはなにもいわずに過ごそう、とジョンは思った。なんといっても幽霊《ゆうれい》はジョンにしか見えないのだ。それに、もしジョン自身の体の不調が原因で見えているのだとしたら、気にしなければ消えてくれるかもしれない。

三人で手分けをして料理をテーブルに運んだ。幽霊は、どこにでも奥《おく》さんの後ろにぴったりついていき、まったく同じ動作をしていた。奥さんが野菜をスプーンでお皿に取りわければ、幽霊もそっくり同じようにした。奥さんが台所にいけば、まったく同じように歩いて台所にいった。奥さんがいすに座れば、すぐ後ろで同じように座った――いすなどないのに。

校長も奥さんも、幽霊にはまったく気づいていなかった。ジョンも幽霊を無視しようとしたが、どうしても気を取られてしまう。校長か奥さんに見つめられるたびに、幽霊に釘付《くぎづ》けになっている目をふたりのほうへぐいと動かさなければならなかった。幽霊のせいで胸《むね》はどきどきし、手は震《ふる》えていたから、会話にはついていけなかった。ナイフやフォークも落としたし、ごちそうを口に運ぶことすらままならなかった。もはや客としてのふるまいはできなくなってしまった。

「ジョン、どうかなさったの？」奥さんがジョンのほうに身を乗りだしてたずねた。

ジョンは、奥さんから幽霊に目を移した。すると、それは奥さんと同じように身を乗りだして、同じ言葉をつぶやいているようだった。

ジョンはいまこそ逃《に》げだすいい機会だと思った。

「ええ、まあ。じつは……気分があまりよくないんです。すみません、おじゃまするべきではありませんでした」

「かわいそうに。家まで車で送っていこう」校長がいった。

「大丈夫《だいじょうぶ》です！」ジョンは、奥さんそっくりの心配そうな表情を浮《う》かべている幽霊を見ながらいった。「ぼくは大丈夫です。どうか、奥様といっしょにいてください。きっと、きっとそのほうがいいと思います」

ジョンは立ちあがって、玄関《げんかん》に向かった。

もちろんふたりはついてきた。ジョンのようすが心配だったからだ。だがジョンにしてみれば、ふたりのほうを見るたびに、奥さんの後ろの幽霊が見えてしまう。ジョンは必死になってふたりを振《ふ》りきり、玄関《げんかん》を出ようとした。そしてやっと外に出て、振りむいたとき、その夜いちばんの恐怖《きょうふ》に襲《おそ》われた。

戸口に奥《おく》さんが立ち、その後ろに幽霊《ゆうれい》がいた。幽霊はこのときはじめて、奥さんとちがう動作をした。手を自分ののどにあて、その手を引いて首を切るしぐさをしたのだ。手はあたかもなにかを握《にぎ》っているかのようだった。

それを見たとたん、ジョンはかけだした。息を切らせながら走ってやっとバスにとびのり、家に逃《に》げかえった。

次の日、校長は学校に出てこなかった。午後には、奥さんが重体らしいという噂《うわさ》が広まっていた。ジョンは、三時半になって職員室にもどると、校長の奥さんが自殺《じさつ》をはかったときかされた。ジョンは近くのいすに腰《こし》をおろして、きいた。

「自殺って、どうやって?」

「のどをかき切ろうとしたらしい。間一髪《かんいっぱつ》で校長が助けたようだけど」

「まあ、校長が奥さんを追いこんだんだからな」

「そうさ、ひどい扱《あつか》いをしてな」

ジョンは、この職員室で奥さんそっくりの幽霊の話をしてもむだだと思った。あの幽霊のことは自分でもよくわからなかったし、だれにいってもわかってもらえそうになかった。

校長が長いこと学校を休んだので、校舎は掃除《そうじ》がゆきとどかなくなり、子どもたちは落ち着きがなくなった。職員室のカップも洗《あら》われないままになった。

やがて、奥さんがよくなり、校長は学校にもどってきた。あいかわらず気さくで親切だったが、まえよりも悲しそうな顔をしていた。それから一週間もしないうちに、ティーカップやコーヒーカップはきれいに洗われるようになり、床《ゆか》はぴかぴかになった。子どもたちもじつにおとなしく、まじめになった。

ジョンは学校をやめることにした。みんなが校長のことを奥さんを自殺《じさつ》未遂《みすい》に追いこんだひどい人だと話しているのがいやになったからだ。実際には、校長はその学校でもっとも感じのいい人だったのだから。とはいえ、やめたあとも、真相はわからなかった。奥《おく》さんそっくりの幽霊《ゆうれい》のことも、みんなが校長を怖《こわ》がるわけも。そして噂《うわさ》どおり校長の人柄《ひとがら》が悪いのなら、なぜジョンにだけは親切だったのかもわからなかった。

わたしはジョンに、その校長の名前か、学校の名前か、せめて学校のある町の名前だけでも教えてほしいと頼《たの》みました。でも、ジョンはいおうとしませんでした。とても大きな町、大きくてにぎやかな町にある学校だったということ以外には。

24

不思議《ふしぎ》な水差し

――これはほんとうにあったことです。両親から〈放浪亭《ほうろうてい》〉という酒場《パブ》を継《つ》いだジャック・ブラウンリーズの話です。

〈放浪亭〉は近ごろ建てられているようなパブとはちがっていた。店は長屋式の狭《せま》い住宅の一軒《いっけん》で、壁《かべ》はクリーム色と茶色、ドアは緑色、窓《まど》は模様《もよう》入りのすりガラスだった。そして看板《かんばん》がひとつ、おもてに出ていた。裏庭《うらにわ》には醸造所《じょうぞうしょ》があり、ビールがつくられていた。ジャックは店の二階に住み、休みの日になると、戸口にあがる階段に座っては道をいく人びとを眺《なが》めた。そういうときには、店はふつうの家とまるで変わりがなかった。

ある日、ジャックが階段に腰《こし》をおろしていると、小さな男の子が、白いほうろうの水差しを持ってやってきた。

「この水差しに、ビールをもらえる？」

「店は休みなんだ、ぼうや」

「休みでもいいよ。ぼく、買いにきたんじゃないから。ただね、母さんの具合《ぐあい》がすごく悪いから、ビールを飲ませてあげたいの。母さんは、ビールをひと口飲むのがすきなんだ」

「ほう、そうかい？　それで母さんは、『ビールをください』といえといって、おまえをここによこしたのか？」

「ちがうよ。自分で考えてきたんだ。ビールを持ってかえって、母さんをびっくりさせたいの」

ジャックは、男の子をまじまじと見た。そして、その言葉を信じることにした。

「おれを、だまそうってわけじゃなさそうだな。ようし！　それじゃあ、ぼうず、こっちへこい。その水差しをいっぱいにしてやろう」

ジャックは男の子を店にいれ、水差しを受けとると、カウンターの後ろへいった。そこには、ジャックが醸造《じょうぞう》した最高のビールが半分ほど入った樽《たる》があった。水差しを樽の口によせて栓《せん》をあけると、茶色いビールが水差しに流れこんだ。男の子は、ビールの香《かお》りをくんくんとかいだ。

水差しはなかなかいっぱいにならなかった。少したってから、ジャックは栓をもっとあけ、流れこむビールの量を増《ふ》やした。

五分たつと、ジャックはいらいらしはじめた。水差しをのぞきこむと、底はほとんどぬれていない。

「この水差しには、なにかしかけがあるのか？」

「それはね、食器棚《しょっきだな》にあった母さんがいちばん気にいっている水差しだよ」

男の子はそばにきて、ビールが注がれるのを見ていた。

「ビールを買いにいくときにはとびきり気にいってる水差しだろうな」

ジャックは栓を閉め、水差しを調べた。それは白いほうろうびきで、ふちと取っ手が黒い、小さなごくふつうの一パイント（約500ml）入りの水差しだった。しかしジャックは、すでにその量の倍のビールを注ぎこんでいた。

「うーむ、よし。いっぱいにしてやろうといったんだから、いっぱいにしてやらなきゃな」

ジャックはふたたび栓《せん》をあけた。

樽《たる》はすっかりからになった。けれども、水差しにはまだビールが半分も入っていなかった。

「おれを、からかっているのか？」ジャックは男の子にいった。

「からかってなんかいないよ。ぼくはただ、母さんにちょっぴりビールを飲ませてあげたいだけだよ」

「ちょっぴりってか！　なにがどうなってるのか、さっぱりわからんが……」

ジャックは、ビールの樽をおいている裏《うら》の部屋《へや》へいった。そして男の子に水差しを持たせると、ふたつめの樽の口をあけて栓をつけた。それからまた、ビールを水差しに注ぎはじめた。

「たいしたビール好きなんだな、おまえの母さんは」

ふたつめの樽がからになったとき、ビールは水差しの半分まで入った。

「おれは、こいつをいっぱいにするといった。いったからには、そうしてやるぞ！」

ジャックはそういいながら、三つめの樽に栓をさしこんだ。するとようやく、水差しはいっぱいになった。

「そら、」ジャックは男の子に水差しをわたしながらいった。「母さんによろしくな。それから、その水差しをあちこちに貸さないようにいってくれ」

男の子は水差しを持って、戸口に向かった。水差しは、一パイント入りの水差しの重さしかないようだった。

「ありがとう、おじさん」

「いいってことさ、ぼうず。だが、ちょくちょくここにくるなよ。その水差しを持ってはな」

男の子は、店には二度と姿を現わさなかった。

ジャックは、その後もビールを醸造《じょうぞう》し、パブで飲ませていた。ところが、戦争がはじまり、ジャックもまた、哀《あわ》れにも愚《おろ》かなたくさんの若者《わかもの》たちと同じように街《まち》に張られたポスターの言葉につられてしまった。ポスターには「戦争のとき、父さんはなにをしていたの？」とか「きみも、戦いに参加すべきだ！」とか書かれていたのだ。ジャックは志願《しがん》して陸軍《りくぐん》に配属《はいぞく》され、フランスへ送られた。

ジャックが自分のしたことのまちがいに気づくのに時間はかからなかった。戦場でジャックや戦友たちは、多くのことに耐《た》えなければならなかった。寒さや雨やぬかるみ、ひどい食事や軍曹《ぐんそう》たち、ネズミや仲間の死体など。そのうえ、自分たちを殺《ころ》そうとする敵《てき》がいたのだ。

そんなある日のこと、ジャックは塹壕《ざんごう》に座り、冷たい水に腰《こし》までつかっていた。そしてとうとう、天を仰《あお》いでさけんだのだった。

「なぜおれはここにいるんだ？　こんなところは、まっぴらだ！　おれの居場所はほかにないのか？」

　ジャックの横で、パシャッと水がはねた。見るとそこに、あのとき水差しをいっぱいにしてやった男の子がいた。塹壕の水面にひょっこり姿を現わした男の子は、ジャックが会った日から年も体も少しも大きくなっていないように見えた。ジャックは驚《おどろ》きのあまり、ものもいえなかった。そして、しばらくしてやっと口を開いた。

「母さんの具合《ぐあい》はどうだ？」

「元気だよ。そして、おじさんはほんとにいい人だといつも思ってるよ。それでね、今日《きょう》は、おじさんにお返しをするためにぼくをここにこさせたの。おじさん、どこにいきたい？　ここから出ようよ」

「家へ！　いや、家はだめだ！　脱走《だっそう》したと思われる……ああ、ここでなきゃ、どこでもいい！」

　砲弾《ほうだん》がひとつ、頭の上をとんでいった。

　男の子は、かぶっていた帽子《ぼうし》をとって空中で振《ふ》り、大きな声でいった。

「さあ、いくよ！　出発！」

ふたりの姿が消え、水だけが塹壕《ざんごう》の土壁《つちかべ》にあたって音をたてていた。

陸軍《りくぐん》はジャックの消息《しょうそく》がわからなくなると、ジャックは戦闘中《せんとうちゅう》に行方不明《ゆくえふめい》になったと公報《こうほう》を出した。この知らせに、両親はとても悲しんだが、その悲しみはあとで大きな喜びに変わった。戦争が終わって一年がたった一九一九年、ジャックが家に帰ってきたからだ。ジャックはある日、〈放浪亭《ほうろうてい》〉の裏庭《うらにわ》からふらりと姿を現わした。身に着けている軍服《ぐんぷく》はきれいにつくろわれ、アイロンまでかけられていた。

「いままでいったいどこにいたんだ、ジャック？」と、両親はいった。

「ジャック、あのときどこにいってたんだい？」ほかの人たちも長いあいだ繰《く》り返したずねた。けれども、ジャックにはっきり答えてもらった人はひとりもいなかった。

ジャックは考えていることを言葉にしようとしているのか、いつもさまざまに表情を変えながら黙《だま》って座っていたが、しばらくしてからやっとこういうのだった。

「なんといえばいいのか……いったいどういえばいいんだろう。だけど、あれは水差し一杯《いっぱい》のビールとじゅうぶん見合うものだった。たしかに、それだけの価値《かち》があるものだった」

あとがき

本書の原作者スーザン・プライスは、一九五五年イギリス中部のバーミンガムを中心とする大工業地帯の一角で生まれました。日本の中・高校にあたるコンプリヘンシブ・スクール在学中に物語を書きはじめ、十五歳と十六歳のときに児童文学コンクールに応募して賞金を獲得。それをきっかけに十六歳で最初の作品を発表して作家への道を歩みはじめました。けれども書くことだけでは生活ができず、店員や博物館のガイドなどいろいろな仕事をしながら執筆を続けました。

二作目で一九七五年作の歴史小説 *Twopence a Tub* で新児童文学賞を受賞し、八〇年代に入ってからは毎年のように、小学校低学年からヤングアダルトまで幅広い読者を対象に、リアリスティックなものからファンタジーやSFまでさまざまなジャンルの作品を書き、現在までに五十五冊以上の作品を発表しています。

北欧神話や各国の昔話に関心が高く、ロシアの昔話を素材にした一九八七年作の

『ゴースト・ドラム　北の魔法の物語』（ベネッセ）ではカーネギー賞を受賞。また九九年には歴史小説やロマンスの要素を含む長編ファンタジー『500年のトンネル』（創元推理文庫）でガーディアン賞を受賞しました。現在邦訳のあるのは前述の二作品のほか、八六年作の『オーディンとのろわれた語り部』（徳間書店）、九五年作の『エルフギフト』（ポプラ社）、二〇〇三年作の『500年の恋人』（創元推理文庫）。短編に一九九一年作「荒れ野を越えて」（パロル舎『メグ・アウル』収録）と九三年作の「果たされた約束」（パロル舎『ミステリアス・クリスマス』収録）があります。

本書は二部構成の短編集で、第一部には *Ghosts at Large*（一九八四年作）の十二話が、第二部には *Here Lies Price*（一九八七年作）の同じく十二話が収録されています。一部、二部ともに、幽霊や悪魔などが登場する話、伝承を組み込んだ話、どこかで読んだことがあるように思える昔話の再話などバラエティに富んでいますが、第一部はすべてを昔話として語ることで、第二部は「わたし」が「ほんとうの話」を語るという形式でまとまりを見せ、全体として気軽に手に取って楽しめる作品になっています。

本短編集は翻訳グループ六人の共訳とし、原文・訳文ともに全員でチェックしあいました。翻訳の分担は第一部の「兵士と死神」と第二部の「幽霊の出る宿」「ミセス・

シュガー」「イヌの餌」を鴇田一江、第一部の「影」「月」と第二部の「トロル」「消えたワーニャ」を玉木顕子、第一部の「欲張り」「霧のなかの古城」「犬と幽霊」を佐々木恵里、第一部の「罪人トム・オッター」「墓場に燃える火」「真夜中の訪問者」と第二部の「雄牛」「不思議な水差し」を岡山由美子、第一部の「老いも死もない国」と第二部の「墓掘り」「魔王との晩餐」「校長の奥さん」を静間奈津代。そして、第一部の「怖いもの知らずのメアリー」「道連れ」と第二部の「適任者」「角笛」の訳と全体のまとめを安藤紀子が行ないました。

なお、第二部の原書には十四編の作品が収録されていますが、諸般の事情から二編を省いたことをお断りしておきます。

最後になりましたが、本書の出版にあたりましては、中西洋太郎さんをはじめ多くの方のお世話になりました。心からお礼を申し上げます。

二〇一五年一月

安藤紀子

24の怖い話

2015年1月31日　初版第1刷発行
2017年8月15日　第2刷発行

スーザン・プライス 作

安藤紀子 他訳

発行者　関 昌弘
発行所　株式会社ロクリン社
〒152－0004　東京都目黒区鷹番3－4－11－403
TEL 03－6303－4153　FAX 03－6303－4154
編　集　中西洋太郎
装　幀　Good Grief
組　版　Katzen House
印刷・製本　図書印刷株式会社